Magical eggs and Towa

満《まん》月《げつ》の夜《よる》、
さみしい時《とき》は
たまごの魔《ま》法《ほう》屋《や》、
よんでごらん。

コツンとわれば、あらふしぎ
さみしさどこかへ消《き》えていく。
満《まん》月《げつ》の夜《よる》、なやんだ時《とき》は
たまごの魔《ま》法《ほう》屋《や》、よんでごらん。
コツンとわれば、あらふしぎ。
なやみはどこかへ消《き》えていく。

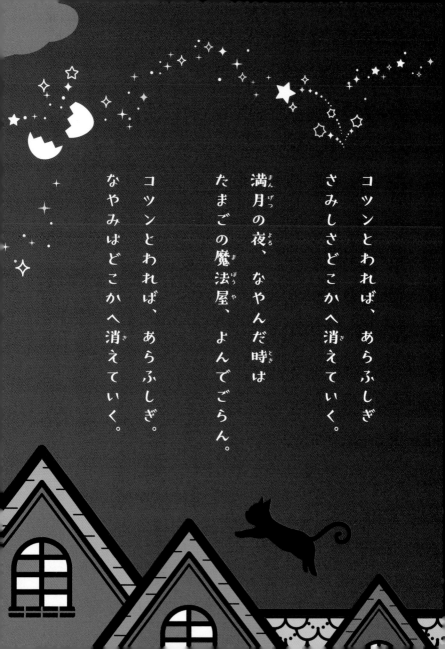

必要《ひつよう》なのは、
たまごがひとつ。
たったひとつのたまごだけ。

ほら、ごらん。
あの子《こ》がじきにやってくる。
魔《ま》法《ほう》のたまごを、
あなたへとどけに。

Magical eggs and Towa

たまごの魔《ま》法《ほう》屋《や》トワ

宮下恵茉★作　星谷ゆき★絵

文響社

もくじ

ゆいちゃんと、にじ色《いろ》のたまご

人物紹介《じんぶつしょうかい》

トワ

この本《ほん》の主人公《しゅじんこう》。バーベナ村《むら》にすむ、10さいになったばかりの見習《みなら》い魔女《まじょ》。ゆくえのわからない姉《あね》のミクを、さがしている。

ブラッサム

トワの家《いえ》のとなりにすむ、魔法使《まほうつか》いの男《おとこ》の子《こ》。おさななじみのトワのことを、いつも心配《しんぱい》している。

ミク

トワの姉《あね》。成績優秀《せいせきゆうしゅう》な魔女《まじょ》で、しっかりものの14さい。1か月前《げつまえ》に家《いえ》をでたきり、帰《かえ》ってきていない。

キリク

魔法界《まほうかい》をたばねる組織《そしき》「魔女長老《まじょちょうろう》会《かい》」の会長《かいちょう》。

フロウ

さびれた裏通《うらどお》りで、古道具屋《ふるどうぐや》をいとなむ、なぞの魔法使《まほうつか》い。

チュチュ

ラベンダー色《いろ》のうさぎのぬいぐるみ。おなかに、たまご色《いろ》のポケットがついている。トワが名《な》づけ親《おや》。

マリー

ブラッサムのおばあちゃん。「魔女長老会《まじょちょうろうかい》」のメンバー。

ジャック

マリーの使《つか》い魔《ま》のフクロウ。

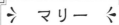

魔法界《まほうかい》の地図《ちず》
WIZARD & WITCH'S WORLD
N
E
W
S
プルギスの森《もり》
裏通《うらどお》り
バジル街《がい》
カモミール横丁《よこちょう》
オレガノ地区《ちく》
魔法学校《まほうがっこう》
ブラッサムの家《いえ》
トワの家《いえ》
バーベナ村《むら》

はじまりは、金《きん》色《いろ》のたまご

1
ミクのこと

いきおいよくカーテンをあけると、見《み》わたすかぎり真《ま》っ青《さお》な空《そら》。魔女見習《まじょみなら》いのトワは、むねいっぱいに朝《あさ》のすんだ空気《くうき》をすいこみました。

（ついに、この日《ひ》がきたんだ！）

きょうは、まちにまったたんじょう日《び》。トワは、十さいになります。

魔法使《まほうつか》いにとって、十さいのたんじょう日《び》は『魔法皆伝《まほうかいでん》』の儀式《ぎしき》がおこなわれるとくべつな日《ひ》。

生《う》まれながらに魔力《まりょく》をもつ魔法使《まほうつか》いたちは、力《ちから》をコントロールできないこどものあいだ、魔力《まりょく》を封印《ふういん》されています。そして十さいになると、その封印《ふういん》をとかれます。

その儀式《ぎしき》のことを、『魔法皆伝《まほうかいでん》』というのです。

（つまり、きょうからわたしは、一人前《いちにんまえ》の魔女《まじょ》ってこと！）

トワはにんまりすると、パジャマをぬぎすて、黒《くろ》いワンピースに着《き》がえました。ラベンダー色《いろ》のリボンを

こしにまいてきゅっとむすぶと、さっそくキッチンにむかいます。

テーブルにならべたのは、きのうののこりのかぼちゃスープ、トマトとチーズのサラダ。焼《や》きたてのトーストの上《うえ》には、クランベリージャムがたっぷりぬってあります。

「いただきます」のその前《まえ》に、トワはだんろの上《うえ》にかざってある写《しゃ》真《しん》の前《まえ》で手《て》をあわせました。

なくなったパパとママのことはおぼえていません。知《し》っているのは、写真立《しゃしんた》ての中《なか》でわらっているふたりの顔《かお》だけ。トワは小《ちい》さなころからずっと、おねえちゃんのミクとふたりでくらしてきたのです。

……それなのに。

「おねえちゃん、おはよう」

トワは、今度《こんど》はとなりにある写真《しゃしん》にむかって話《はな》しかけました。

「きょうで、わたし、十さいになったよ」

でも、写真《しゃしん》の中《なか》のミクはにっこりほほえんだまま、なにもいってくれませんでした。

★・✦・★

ミクは、トワのじまんのおねえちゃんです。まじめでしっかりもので、やさしくて、魔法学校《まほうがっこう》の成績《せいせき》は、いつもトップクラス。

おっちょこちょいで、おちこぼれのトワとはぜんぜんちがいます。

でもミクは、一か月前《げつまえ》から、うちに帰《かえ》ってきていません。


その夜《よる》、トワは心配《しんぱい》でたまらず、玄関《げんかん》でうろうろしていました。

夕飯《ゆうはん》の買《か》い物《もの》にでかけたきり、ミクが帰《かえ》ってこないのです。

(おねえちゃんったら、いったいどこにいっちゃったの？)

ドアのすきまから一まいの封《ふう》とうがすべりこんできたのは、真夜《まよ》中《なか》のことでした。

「なに、これ」

ひろいあげると、黒《くろ》いろうでかためた刻印《こくいん》で、しっかり封《ふう》がしてあります。ふしぎに思《おも》いながら封《ふう》をあけ、手紙《てがみ》をとりだすと……。

通達《つうたつ》
魔女長老会《まじょちょうろうかい》は、バーベナ村《むら》の魔女《まじょ》ミク（十四歳《さい》）が魔法界《まほうかい》のおきてをやぶったことを確認《かくにん》した。魔女長老会魔法使い管理法違反条例《まじょちょうろうかいまほうつかいかんりほういはんじょうれい》にのっとり、古《いにしえ》の魔法《まほう》が執行《しっこう》されたことをここに記《しる》す。
魔女長老会《まじょちょうろうかい》　会長《かいちょう》　キリク

（これ……、どういうこと？）

トワは手紙《てがみ》をにぎりしめて家《いえ》をとびだし、となりにすむブラッサムの家《いえ》へとむかいました。

トワの家《いえ》とブラッサムの家《いえ》は、あいだに大《おお》きなりんごの木《き》を二本《ほん》はさんでたっています。気《き》のいいブラッサムの家族《かぞく》は、トワとミクのことをいつも気《き》にかけてくれているのです。

「ごめんください！　だれか！」

ドアをたたくと、ねむそうなブラッサムが顔《かお》をだしました。

「どうしたんだよ、トワ。こんな時間《じかん》に」

トワは今《いま》にもなきだしそうな顔《かお》でいいました。

「おねえちゃんが帰《かえ》ってこないの。どうしよう！」

「ええっ、ミクが？」

かけつけたブラッサムのママも、心配《しんぱい》そうに声《こえ》をあげました。

「それに、こんな手紙《てがみ》がとどいて……」

トワが手紙《てがみ》をさしだしたと同時《どうじ》に、奥《おく》のドアがひらく音《おと》がしました。

「おや。あんたたち、知《し》らなかったのかい」

杖《つえ》をついてでてきたのは、ブラッサムのおばあちゃん、マリーでした。

マリーは、魔女長老会《まじょちょうろうかい》の一員《いちいん》です。魔女長老会《まじょちょうろうかい》とは、魔法界《まほうかい》で絶対的《ぜったいてき》な力《ちから》をもつ組織《そしき》。魔法界《まほうかい》のおきてを管理《かんり》し、そのとりしまりから、魔法学校《まほうがっこう》の運営《うんえい》まで、常《つね》に目《め》を光《ひか》らせています。

「ミクはね、おきてをやぶったんだよ。魔法界《まほうかい》で一番《いちばん》やぶってはいけないおきてをね」

「……まさか！」

ブラッサムのママが、悲鳴《ひめい》のような声《こえ》をあげました。

「トワ。あんたも知《し》っているだろう。われら魔法使《まほうつか》いは、ニンゲンに心《こころ》をゆるすのを禁《きん》じられていることを」

★・◆・★

その話《はなし》なら、トワももちろん知《し》っています。六さいで魔法学校《まほうがっこう》に入学《にゅうがく》した時《とき》から、くりかえし教《おし》えられてきましたから。

トワがうまれるずっと前《まえ》、魔法使《まほうつか》いとニンゲンは、おたがいに助《たす》けあって、くらしていたそうです。けれど、しだいに魔法《まほう》を邪悪《じゃあく》な力《ちから》だと考《かんが》えるニンゲンたちがあらわれはじめました。

「魔法使《まほうつか》いたちは今《いま》にきっと、あの邪悪《じゃあく》な力《ちから》を使《つか》って、われら人間《にんげん》を支配《しはい》しようとするにちがいない。すぐに追放《ついほう》しなければ」

そんなふうに、ささやかれるようになったのです。

その空気《くうき》は、あっという間《ま》に広《ひろ》がり、ニンゲンたちは、おそろしい魔女狩《まじょが》りをはじめました。

たくさんの魔法使《まほうつか》いがとらえられ、命《いのち》を落《お》としました。ただ魔法使《まほうつか》いだからという理由《りゆう》で、平和《へいわ》なくらしをうばわれたのです。

それは、決《けっ》してわすれられない暗黒《あんこく》の歴史《れきし》。それからというもの、魔法界《まほうかい》では、ニンゲンに心《こころ》をゆるすなという決《き》まりができました。ニンゲンには、決《けっ》して心《こころ》をひらいてはいけないということです。魔法使《まほうつか》いならだれもが知《し》っている、ぜったいのおきて。

なのに、ミクは……。

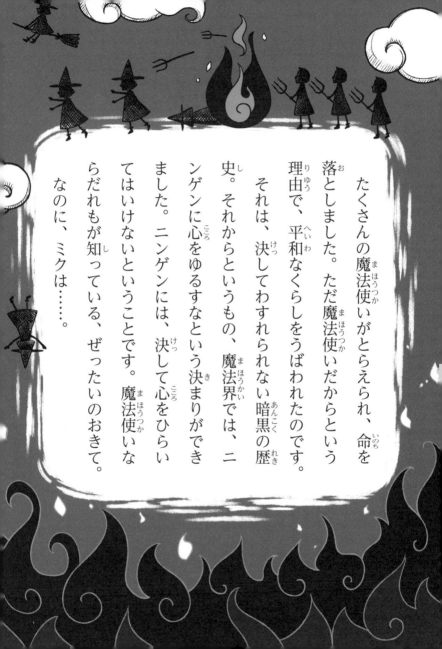

「うそだ。あのおねえちゃんが、おきてをやぶるなんて！」

トワは必死《ひっし》でマリーにいいかえしました。

「うそじゃないよ。ほんとうさ。ちゃんと調《しら》べはついている」

マリーは、ぴしゃりといいました。


（まじめで成績優秀《せいせきゆうしゅう》な、あのミクがなぜ……？）

トワだけでなく、その場《ば》にいた全員《ぜんいん》がそう思《おも》わずにはいられませんでした。

でも、だれも理由《りゆう》を知《し》ることはできません。

ミクは、魔女長老会《まじょちょうろうかい》にかけられた古《いにしえ》の魔法《まほう》によって、封《ふう》じこめられてしまったからです。どこにどのように封《ふう》じられているのかは、魔女長老会《まじょちょうろうかい》の会長《かいちょう》、キリクでさえ知《し》りません。

それが、おきてをやぶった魔法使《まほうつか》いの運命《うんめい》でした。


「だいじょうぶ。わたしが、かならず見《み》つけるよ、おねえちゃん」

トワは写真《しゃしん》にむかって、もう一度声《いちどこえ》をかけました。

「それで、また、ふたりでくらそうね」

トワはしばらくそうしていましたが、はっとしてふりかえりました。かべの時計《とけい》のはりが、八時《じ》をさしています。

「やばっ。きょうは魔法皆伝《まほうかいでん》の儀式《ぎしき》があるのに、ちこくしちゃうよ！」

大急《おおいそ》ぎで朝《あさ》ごはんを食《た》べて食器《しょっき》をあらうと、トワはかばんを肩《かた》にかけました。

「いってきます！」

だれもいない部屋《へや》にむかって声《こえ》をかけると、ばたばたと家《いえ》をでていきました。

2
魔女《まじょ》キリクの言葉《ことば》

「トワちゃん、おはよう！　いよいよきょうだね」

息《いき》をきらして教室《きょうしつ》にかけこむと、クラスメイトたちが声《こえ》をかけてきます。

「おはよ！　そうなの。きんちょうして、ちこくしそうになっちゃった」

トワがペロッと舌《した》をだすと、みんなくすくすわらいました。

そこへ、

「トワ！　おそいぞ」

するどい声《こえ》がとんできました。

「わかってるよ、うるさいなあ」

トワは、まゆをひそめてブラッサムにいいかえしました。

「いいか。きょうからトワも魔法《まほう》を使《つか》えるようになるんだ。今《いま》まで以上《いじょう》に気《き》をひきしめなきゃ、いい魔女《まじょ》になれないんだからな」

ブラッサムが、くどくどとお説教《せっきょう》をはじめます。

(ブラッサムのやつ、自分《じぶん》のほうが先《さき》に十さいになったからって、いばっちゃって)

トワは、ほっぺたをふくらませて自分《じぶん》の席《せき》に着《つ》きました。

すると、

「トワ」

教室《きょうしつ》のドアがあき、校長先《こうちょうせん》生《せい》が顔《かお》をのぞかせます。

「今《いま》から魔法皆伝《まほうかいでん》の儀式《ぎしき》がはじまりますよ。いらっしゃい」

「はい！」

トワは、きゅっとくちびるをひきむすんでうなずきました。ブラッサムが心配《しんぱい》そうに見《み》つめているのがわかりましたが、わざとそっちは見《み》ないようにしました。

★・✦・★

校長先生《こうちょうせんせい》のあとにつづき、魔法学校《まほうがっこう》の長《なが》いろうかを歩《ある》きます。

儀式《ぎしき》がおこなわれる魔女長老会《まじょちょうろうかい》の集会所《しゅうかいじょ》には、長老会《ちょうろうかい》のメンバーしかいくことができません。でも、魔法皆伝《まほうかいでん》の儀式《ぎしき》がある日《ひ》だけ、魔法学校《まほうがっこう》のろうかの先《さき》に、集会所《しゅうかいじょ》につづくドアがあらわれるのです。

どれくらい歩《ある》いたでしょう。とうとう、つきあたりにある古《ふる》めかしいドアの前《まえ》にたどりつきました。

「さあ、トワ。わたしがつきそえるのは、ここまでよ」

校長先生《こうちょうせんせい》はそういうと、

コンコン
ドアをノックしました。

ドアの上《うえ》にかざられた黒《くろ》ねこの彫刻《ちょうこく》の目《め》が、ぎろりと動《うご》きます。

「お入《はい》り」

中《なか》からしわがれた声《こえ》がきこえてきました。

「いいわね、トワ。失礼《しつれい》のないように」

校長先生《こうちょうせんせい》はそうささやくと、そっとトワの背中《せなか》をおしました。

ドアの前《まえ》に立《た》つと、音《おと》もなくひらきます。

(いよいよだ……)

ふるえる足《あし》でドアをくぐりぬけると、中《なか》は大《おお》きな講堂《こうどう》のようになっていました。

天《てん》じょうにぶらさがる、さまざまな形《かたち》のシャンデリア。かべには有名《ゆうめい》な魔法使《まほうつか》いの肖像画《しょうぞうが》。その下《した》に、ずらりと背《せ》の高《たか》いイスがならべられ、長老会《ちょうろうかい》の魔法使《まほうつか》いたちが大《おお》ぜいすわっています。みんな、ほのおのともるろうそくを手《て》にして、黒《くろ》いフードの下《した》からじっとトワを見《み》つめています。マリーのすがたもありました。

正面《しょうめん》にすわっているのは、魔女長老会《まじょちょうろうかい》の会長《かいちょう》、キリクです。しわくちゃのおばあさんなのに、見《み》あげるほど大《おお》きな体《からだ》。あまりの大《おお》きさに、トワは息《いき》をのみました。

「バーベナ村《むら》のトワだね。こっちにおいで！」

まどがビリビリふるえるほど大《おお》きな声《こえ》でよばれ、トワは身《み》をかたくしてキリクの前《まえ》にすわりました。

「ふうむ、成績《せいせき》はあまりよくないね。ただ、ほうきをうまくあつかう能力《のうりょく》はあるようだ。それに……。おや、あんたは……ミクの妹《いもうと》だね？」

トワはうなずきました。

今《いま》こそ、ずっと知《し》りたかったことをきくチャンスです。

「キリクさま！　あの、おねえちゃんは今《いま》、どこにいるんでしょうか？」

トワは思《おも》いきってきいてみました。

「おねえちゃんは、どんなふうに、おきてをやぶったんですか？

いつ、ゆるしてもらえるんでしょうか？」

魔女長老会《まじょちょうろうかい》のメンバーが、ざわざわしはじめます。

「静《しず》かにおし！」

キリクが手《て》をあげると、とたんに静《しず》まりかえりました。

「トワ。あんたももう十さいだ。教《おし》えてやってもいいだろう」

そこで言葉《ことば》をきると、キリクはひとことずつ区切《くぎ》るようにしていいました。

「……ミクはね、恋《こい》をしたんだよ、ニンゲンに」

「え？　コ、イ？」

トワは、ぽかんと口《くち》をあけました。

「魔法使《まほうつか》いにとって、その恋《こい》は悪《あ》しき心《こころ》。自分《じぶん》のまちがいをみとめないかぎり、あんたのねえさんは魔法界《まほうかい》にもどってこられない。自分《じ》分《ぶん》はまちがっていたとみとめれば封印《ふういん》はとける。なのに、がんこなミクは、ぜったいにみとめようとしないんだよ」

キリクはいったん口《くち》をひきむすぶと、トワの前《まえ》にぐっと顔《かお》をつきだしました。

「いいかい、トワ。あんたは正《ただ》しい魔法使《まほうつか》いになるんだ。この場《ば》でそうちかえないと、魔法皆伝《まほうかいでん》はできない」

トワは大《おお》きく息《いき》をすいこむと、キリクの目《め》を見《み》てはっきりといいました。

「はい、わたしは正《ただ》しい魔法使《まほうつか》いになります」

キリクが、すっと目《め》を細《ほそ》めます。

「よろしい。儀式《ぎしき》をおこなうことにしよう。覚悟《かくご》はいいね？」

トワは、ごくりとつばをのみこんでから、うなずきました。

「汝《なんじ》、魔法《まほう》の力《ちから》を得《え》て、われらの友《とも》となるなり」

キリクは、トワのおでこにむかって枯《か》れ枝《えだ》のような指《ゆび》をつきたてました。指《ゆび》で空中《くうちゅう》になにかをえがき、最後《さいご》にぱちんと鳴《な》らします。

それを合図《あいず》に、長老会《ちょうろうかい》の魔法使《まほうつか》いたちがろうそくをいっせいにふき消《け》しました。

あたりが闇《やみ》につつまれました。キリクがえがいた図形《ずけい》が光《ひかり》となって、ふわりふわりと宙《ちゅう》にうかびます。

その光《ひかり》はトワの頭《あたま》の上《うえ》まで移動《いどう》すると、ほわんと全身《ぜんしん》をつつみました。トワは思《おも》わず目《め》をつむりました。とたんに体《からだ》のすみずみまで、熱《ねつ》をおびたようにあたたかくなります。どこからか古《ふる》びたほうきとマントがあらわれ、トワの手《て》の上《うえ》に落《お》ちてきました。

「さあ、これであんたも魔法界《まほうかい》の一員《いちいん》だ」

キリクの声《こえ》に、魔法使《まほうつか》いたちが拍手《はくしゅ》をして、どたどたとくつをふみ鳴《な》らしました。いつのまにかろうそくがともされ、集会所《しゅうかいじょ》はふたたび明《あか》るくなっています。

「バーベナ村《むら》のトワ。くれぐれもいっておくよ。おきてを守《まも》り、正《ただ》しいい魔法使《まほうつか》いになるんだ。いいね？」

「はい！」

トワはうわずった声《こえ》でこたえると、その場《ば》でマントを着《き》て、ほうきを背中《せなか》にかつぎました。そして、むねをはって大《おお》ぜいの魔法使《まほうつか》いたちの前《まえ》を通《とお》りすぎ、部屋《へや》をでました。

・・・✳・★・🥚・★・✳・・・

（ふ〜っ、きんちょうした！）

ドアを背《せ》に、トワはへなへなとその場《ば》にしゃがみこみました。

（おねえちゃん、ニンゲンに、コイしちゃったんだ……）

どうしてそんなばかなことしたんだろう。ニンゲンは、魔法使《まほうつか》いの敵《てき》だっていうのに……！

（……「コイ」って、だれかをとくべつすきになること……だよね？）

言葉《ことば》は知《し》っていますが、それがどんな気持《きも》ちなのか、トワにはよくわかりません。

（ま、いっか。おねえちゃんにつぎ会《あ》った時《とき》に、教《おし》えてもらえばいいんだから）

さあ、これで、わたしも一人前《いちにんまえ》の魔法使《まほうつか》いだ。キリクさまのおっしゃるように、わたしは正《ただ》しい魔法使《まほうつか》いになるんだ。

まずは、おねえちゃんをさがしにいこう。

だって、大事《だいじ》な家族《かぞく》をさがすのは、正《ただ》しいことだもん！

「おねえちゃん、まっててね」

トワは両手《りょうて》を強《つよ》くにぎりしめて、いきおいよく立《た》ちあがりました。

そのようすを、ドアの上《うえ》の黒《くろ》ねこの彫刻《ちょうこく》が、じっと見《み》つめていました。

3

いざ、裏通《うらどお》りへ！

のみものに、ビスケット。なけなしのおこづかいが入《はい》ったさいふ。それから、地図《ちず》とおねえちゃんの写真《しゃしん》。

「これで、よしと！」

トワは、ふくれたかばんを肩《かた》にかけました。

これからいこうとしているのは、『裏通《うらどお》り』とよばれている場所《ばしょ》。ニンゲン界《かい》へとつづく、プルギスの森《もり》の近《ちか》くにあるといわれています。

裏通《うらどお》りは、かつて魔法使《まほうつか》いたちがニンゲン界《かい》へ足《あし》しげく通《かよ》っていたころ、さかえていた街《まち》です。今《いま》ではすっかりさびれてしまい、ふつうの魔法使《まほうつか》いなら、まず足《あし》をむけない場所《ばしょ》です。

でも、ミクがいなくなった日《ひ》の夜《よる》、トワはミクの部屋《へや》で見《み》つけたのです。裏通《うらどお》りに、赤《あか》いマジックで大《おお》きな丸印《まるじるし》がつけてある地図《ちず》を。

（ここへいけば、きっと、おねえちゃんの居《い》場所《ばしょ》につながる手《て》がかりがある……！）

トワはずっと、そう考《かんが》えていました。

（歩《ある》いていくのは、ぜったいむりだけど、きょうからわたしにはこれがあるもんね！）

トワは、ほうきをぎゅっとにぎりしめました。

★・✦・★

準備《じゅんび》をおえて、さあ、いよいよ出発《しゅっぱつ》です！

「うまくとべるかなあ」

玄関前《げんかんまえ》でほうきにまたがり、どきどきしていた時《とき》です。

「あら、トワちゃん。さっそくほうきでどこかにおでかけ？」

うしろから声《こえ》をかけられました。ブラッサムのママです。

トワはどきーんとして、ひっくりかえりそうになりました。

「あ、いえ。ちょっと買《か》い物《もの》に……」

しどろもどろでそうこたえると、ブラッサムのママはにっこりほほえみました。

「トワちゃんも、ついに魔法皆伝《まほうかいでん》したのねえ。あとでうちにごはんを食《た》べにいらっしゃい。十さいのおたんじょう日《び》だもの。おばさん、うでによりをかけておいしいアップルパイを焼《や》くからね」

「あ、ありがとうございます」

トワはお礼《れい》をいいながら、むねがずきんといたみました。

（魔法皆伝《まほうかいでん》したばっかりなのに、いきなり裏通《うらどお》りまでいくなんて

いったら、おばさん、きっとびっくりするだろうな）

「またあとでね」

ブラッサムのママは、パラソルをさしていってしまいました。

そのうしろすがたを見送《みおく》って、トワは大《おお》きく息《いき》をつきました。

「よし、今度《こんど》こそ！」

ぐっと柄《え》をにぎると、ほうきがゆっくりとうきあがります。

（やった……！　うまくとべそう！）

足《あし》が地面《じめん》からふわりとうきました。風《かぜ》がマントをゆらします。

（よおし、いよいよ出発《しゅっぱつ》！）

そう思《おも》いきや……。

ちょーっと、まったあ!

ブラッサムの大《おお》きな声《こえ》がとんできました。そのまま、がしっとトワのマントのすそをつかみます。

「うわ、ちょっと……!」

いきなりマントをつかまれ、トワはバランスをくずしたかと思《おも》うと、

びったーん！

一回転《かいてん》して、顔《かお》から地面《じめん》に思《おも》いっきりひっくりかえりました。

「いたた……。もう、なにすんのよ！」

鼻《はな》の頭《あたま》をおさえながら起《お》きあがると、目《め》の前《まえ》がチカチカします。

「なにすんの、じゃねーよ！　学校《がっこう》がおわったとたん、すっとんで帰《かえ》ったと思《おも》ったら、今《いま》からどこにいくつもりだ？」

「なんでいちいちそんなこと、いわなきゃいけないのよ」

いいながら、どきどきしました。

魔法皆伝《まほうかいでん》したばかりなのに、いきなり裏通《うらどお》りまでいこうとしていることがバレたら、なにをいわれるかわかりません。

「おれは、ばあちゃんからおまえをしっかり見張《みは》るようにいわれてんだ。さあ、いえよ、トワ。おまえ、今《いま》からどこにいくつもりだ？」

「うるさいなあ。ブラッサムには関係《かんけい》ないでしょ！」

「おやおや、カンケーないとはキキズテなりませんナー」

頭上《ずじょう》からすました声《こえ》がきこえます。

ぎょっとしてそちらを見《み》あげると、トワの家《いえ》の屋根《やね》の上《うえ》に、一わのフクロウがとまっていました。

「ジャ、ジャック……！」

ジャックは、マリーの使《つか》い魔《ま》です。使《つか》い魔《ま》というのは、魔女長老《まじょちょうろう》会《かい》のメンバーだけがもつことをゆるされている家来《けらい》のこと。マリーは、ブラッサムだけではたよりないと思《おも》ったのでしょう。ジャックにトワのようすを見《み》にいくようにと、いいつけたみたいです。

ジャックは、ばさばさとつばさをはためかしてとんでくると、ブラッサムの肩《かた》におりたちました。首《くび》をかしげて、トワの顔《かお》をのぞきこみます。

「トワさん。きょう、キリクさまにいわれたことを、チャーンとおぼえているでしょうネエ?」

トワは、あわてて視線《しせん》をそらしました。どこかまちがっていることはないか、いつもさがしているようなジャックの目《め》はにがてです。

ブラッサムが、うでを組《く》んでトワをにらみつけました。

「とにかく！　きょうからおまえも魔法界《まほうかい》のりっぱな一員《いちいん》になったんだから、おきてをしっかり守《まも》らなきゃいけないんだぞ。やぶると、おまえのねえちゃんみたいになっちまうんだからな」

そのいいかたに、トワはカチンときました。

「おねえちゃんのこと、そんなふうにいわないで！」

いうなり、トワはほうきにまたがり、地面《じめん》を強《つよ》くけりあげました。

ギュイーン！

まるで、ロケットみたい！

トワのほうきは、ものすごいスピードで空《そら》にまいあがりました。

(うっわ！　このほうき、めっちゃはやい！)

ふきとばされないように、しっかりと柄《え》をにぎりしめます。

「おーい、トワ！」

「ま、まちなサイっ！　ホッホー！」

ブラッサムとジャックのすがたが、
どんどん小《ちい》さくなっていきます。

「このまま、裏通《うらどお》りにむかって！」

地図《ちず》を広《ひろ》げてトワがいうと、とたんにほうきの向《む》きがぐるりと反《はん》対方向《たいほうこう》に変《か》わりました。

ほうきはぐんぐんスピードをあげていきます。

トワのすむバーベナ村《むら》、学校《がっこう》のあるオレガノ地区《ちく》、にぎやかなカモミール横丁《よこちょう》、魔法界《まほうかい》の中心《ちゅうしん》であるバジル街《がい》をすぎ、だんだんあたりがうす暗《ぐら》くなっていきます。風《かぜ》もつめたくなってきました。

バジル街《がい》の明《あ》かりがいよいよとどかなくなってきたところで、ほうきはゆっくりと地面《じめん》におりたちました。

（キリクさまがおっしゃったように、わたし、ほうきをあつかう才《さい》能《のう》があるのかも！）

トワはにんまりしながら、「おつかれさま！」とほうきに語《かた》りかけ、背中《せなか》にかつぎました。

（さあ、いよいよだ）

そこは街灯《がいとう》もなく、真《ま》っ暗《くら》な通《とお》り。目《め》をこらすと、今《いま》にもこわれそうな小屋《こや》がひしめきあっているのが見《み》えます。軒《のき》をつらねるおんぼろ小屋《ごや》のすぐ裏手《うらて》に、プルギスの森《もり》が広《ひろ》がっているのでしょう。

ざわざわざわ

木々《きぎ》の葉《は》がゆれる音《おと》が、やけに大《おお》きくきこえました。

4

古道具屋《ふるどうぐや》フロウ

「……え。ここが、裏通《うらどお》り、なの？」

トワは、ほうきをつかんでびくびくしながら周囲《しゅうい》を見《み》まわしました。

（こんなところだなんて、思《おも》わなかった……）

通《とお》りとは名前《なまえ》ばかり。道《みち》に面《めん》したおんぼろ小屋《ごや》を一軒《けん》一軒《けん》のぞいてみましたが、まったく人《ひと》の気配《けはい》がありません。

がらんがらん

とつぜん大《おお》きな音《おと》がして、トワはそ

の場《ば》でとびあがりました。へこんだ空《あ》き缶《かん》が、風《かぜ》にあおられて転《ころ》がっていきます。

トワは、通《とお》りのすみにしゃがみこんでしまいました。こんなに遠《とお》くまでひとりできたのに、これではミクの手《て》がかりなんて見《み》つかりそうにありません。

(どうしよう。もう二《に》度《ど》と、おねえちゃんに会《あ》えないの?)

トワは、マントのすそをぎゅっとにぎりしめました。

「おーい、小《ちい》さな魔《ま》女《じょ》さん。そこでなにやってるの?」

その時《とき》、だれかが声《こえ》をかけてきました。

顔《かお》をあげると、一ぴきの黒《くろ》ねこが、うすよごれた木《き》箱《ばこ》の上《うえ》にすわっていました。奥《おく》に細《ほそ》い路地《ろじ》が見《み》えます。そこに、ランプをかかげた人《ひと》が立《た》っていました。長《なが》い髪《かみ》をひとつにたばね、無精《ぶしょう》ひげを生《は》やしていました。よく見《み》ると、若《わか》い男《おとこ》の人《ひと》です。

「あ、あなたは、だれですか？」

トワはあわてて立《た》ちあがり、なみだをふいてたずねました。歩《あゆ》みよってきた男《おとこ》の人《ひと》は、トワの前《まえ》で立《た》ちどまり、にっこりわらっていいました。

「おれは、フロウ。すぐそこで、古道具屋《ふるどうぐや》をしているんだ。よければ、どうぞ」

フロウは色《いろ》ガラスのはまった古《ふる》ぼけたドアをおし、店《みせ》の中《なか》にトワ

をまねきいれました。
そこは倉庫《そうこ》のような店《みせ》でした。積《つ》み あげられた雑誌《ざっし》に、ふしぎな四角《しかく》いパネル、ボタンがたくさんついた折《お》りたたみ式《しき》の機械《きかい》……。どれも、見《み》たことのないものばかりです。
(もしかして、ニンゲンが使《つか》う道具《どうぐ》なのかも)
横目《よこめ》で見《み》ているあいだに、フロウはミルクがたっぷり入《はい》ったコーヒーをいれてくれました。

「なにがあったか知《し》らないけど、これでものんで元気《げんき》をだすといい」

それは、あまくてほろにがい、はじめての味《あじ》でした。おなかの底《そこ》があたたまり、さっきまでの心細《こころぼそ》い気持《きも》ちが消《き》えていきます。

「あの……、あれはニンゲンの道具《どうぐ》ですか？」

トワがおずおずとそうきくと、フロウはうなずきました。

「めずらしいだろう？　どれもなかなか価値《かち》のあるものさ」

（……そんなもの、どうやって手《て》に入《い》れたんだろう？）

少《すこ》し気《き》になりましたが、目《め》の前《まえ》でほほえむフロウは悪《わる》い人《ひと》には見《み》えません。

（そうだ、この人《ひと》なら、おねえちゃんのこと、なにか知《し》ってるかも）

トワは、かばんからミクの写真《しゃしん》をとりだしました。

「もしかして、ミクという魔女《まじょ》を知《し》りませんか？　十四さいで、ショートカットの……」

フロウは写真《しゃしん》をじっと見《み》つめると、ゆっくり首《くび》を横《よこ》にふりました。

「さあ、わからないな。悪《わる》いが、人《ひと》の顔《かお》と名前《なまえ》をおぼえるのはにがてでね」

トワはがっかりしましたが、ミルク入《い》りコーヒーをひと口《くち》のんで、そっとつぶやきました。

「ミクは、わたしのおねえちゃんなんです。ニンゲンに『コイ』をした罪《つみ》で古《いにしえ》の魔法《まほう》にかかったんだって、キリクさまがいってました」

トワは、フロウに話《はな》しました。すがたを消《け》した姉《あね》のミクをさがしていること。ミクが残《のこ》した地図《ちず》のこと。裏通《うらどお》りにくれば、なにか手《て》がかりが見《み》つかると思《おも》っていたこと。それから、きょうは十さいのたんじょう日《び》だということも。出会《であ》ったばかりなのに、ふしぎとなんでも話《はな》すことができました。

フロウはトワの話《はなし》を最後《さいご》まできいたあと、

「そうか。きみは、きょう十さいになったんだね。おめでとう」

そういって、トワの頭《あたま》に手《て》をおきました。

その大《おお》きな手《て》のあたたかさに、ふいになみだがでそうになりましたが、トワはぐっとこらえました。

「そうだ、いいものがある」

フロウは急《きゅう》に立《た》ちあがり、奥《おく》の部屋《へや》へと入《はい》っていきました。そして、真《ま》っ白《しろ》な箱《はこ》をかかえてもどってきました。

「きみにプレゼントだ。中《なか》に手《て》を入《い》れてごらん。今《いま》のきみに必要《ひつよう》なものがでてくるから」

「わたしに、必要《ひつよう》なもの？」

トワはこわごわ箱《はこ》の中《なか》をのぞきましたが、なんにも入《はい》っていません。ちらりと見《み》あげると、フロウはだまってうなずきました。

（もしかしたら、おねえちゃんの居場所《いばしょ》がわかるのかも！）

どきどきしながら手《て》を入《い》れます。すると、なにかやわらかいものが手《て》にふれました。

ふわふわしてる……。なんだろう？

思《おも》いきってもちあげてみると、中《なか》からでてきたのは、うさぎのぬいぐるみでした。

大《おお》きさは、うでの中《なか》におさまるくらい。あわいラベンダー色《いろ》で、おなかにたまご色《いろ》のポケットがついています。

「ええっ？　う、うさぎのぬいぐるみ!?」

（これがわたしに必要《ひつよう》なもの……）

トワはがっかりしました。せっかく十さいになったのに、まだこどもだっていわれたみたいです。

「そんなに落《お》ちこむこと、ないだろ」

トワの顔《かお》を見《み》て、フロウがわらいました。

「ぬいぐるみでも、うさぎっていうのは悪《わる》くないよ。たとえばニンゲン界《かい》には、イースターというおまつりがある。その時《とき》うさぎは、復活祭《ふっかつさい》のたまご、つまりイースターエッグをはこんでくるといわれてるんだぜ」

「たまご？　イースター？」

トワが首《くび》をかしげます。

「そう、イースターエッグはただのたまごじゃない。復活《ふっかつ》のシンボルで、中《なか》にはふしぎな力《ちから》をもつものもある」

フロウはそういって、にっこりしました。

「たまごの魔法屋《まほうや》って知《し》ってるかい？　魔法使《まほうつか》いとニンゲンが仲《なか》よ

くくらしていた時代《じだい》、ニンゲンたちのなやみごとやこまりごとを、たまごひとつで見《み》事《ごと》に解決《かいけつ》した、伝説《でんせつ》の魔女《まじょ》のことだよ。しあわせをはこぶめぐみの魔女《まじょ》さ」

フロウは積《つ》みかさなった本《ほん》のあいだから、一さつの絵本《えほん》をぬきとりました。表紙《ひょうし》に、カラフルなたまごが入《はい》ったかごをもつ魔女《まじょ》と、小《ちい》さなうさぎがえがかれています。

「伝説《でんせつ》の、魔女《まじょ》？」

トワはぱらぱらぱらとページをめくりました。

（たまごのマホーヤ？　そんな話《はなし》、きいたことないよ。それに、これってニンゲンの絵本《えほん》じゃない）

「とにかく、うさぎは縁起《えんぎ》がいいよ。きみにしあわせのたまごをはこんでくれるかもしれないね。そうだ、その子《こ》に名前《なまえ》をつけてあげるといい」

（……この子《こ》の名前《なまえ》？）

うさぎは、真《ま》っ黒《くろ》なひとみでじっとトワを見《み》つめています。

まるで、トワから新《あたら》しい名前《なまえ》でよばれるのを、今《いま》か今《いま》かとまっているみたいに。

「チュ、チュ」

ふいに、その名前《なまえ》が口《くち》をついてでました。

「この子《こ》の名前《なまえ》、チュチュにします」

トワがいうと、フロウはふっとほほえみました。

「チュチュか。いい名前《なまえ》だ」

みゃあん
どこかで、ねこの鳴《な》き声《ごえ》がきこえました。

「おやおや。時間《じかん》がきたみたいだ」

そうつぶやくと、フロウはつばのついた古《ふる》い中折《なかお》れ帽《ぼう》を頭《あたま》にのせ、うすよごれたマントを肩《かた》にかけました。

「おいで、送《おく》っていこう」

「えっ、だいじょうぶです。わたし、自分《じぶん》で帰《かえ》れるし」

トワはほうきを手《て》に、ぶんぶんと首《くび》をふりました。でも……。

「こまったことがあれば、いつでもおいで」

耳元《みみもと》でそうささやかれたとたん、トワのまぶたの上《うえ》にふわっとあたたかな空気《くうき》が流《なが》れました。まばたきをして目《め》をあけると……。

そこはもう、トワの家《いえ》の前《まえ》でした。

・・・✳・★・🥚・★・✳・・・

「ええっ、なんで!?」

うしろをふりかえっても、そこには見《み》なれた景色《けしき》が広《ひろ》がっているだけ。フロウのすがたも、黒《くろ》ねこも、古道具屋《ふるどうぐや》も、あとかたもなく消《き》えています。

「トワ……！」

ドアの前《まえ》ですわっていたブラッサムが、なきそうな顔《かお》でかけよってきます。

「どこいってたんだよ！　帰《かえ》ってこないから心配《しんぱい》したんだぞ！」

そういって肩《かた》をつかまれましたが、トワにはわけがわかりません。

「そうですゾ！　いったいどこにいってたんデス！」

ジャックもばさばさと、つばさをはためかします。

「なんだよ、そのぬいぐるみ！　そんなの買《か》いにいってたのか！」

がみがみとどなりちらすブラッサムの声《こえ》をききつけて、ブラッサムのママがあわてて家《いえ》からでてきました。

「もういいじゃない、ブラッサム。ぶじに帰《かえ》ってきたんだから。さあ、トワ。あなたのおたんじょう日会《びかい》をしましょう。おなかすいてるでしょ？　とっておきのごちそうをつくってあるのよ」

そういって、トワの肩《かた》をだいて家《いえ》へとむかえいれてくれました。

トワは歩《ある》きながら、ぼんやり考《かんが》えました。

（フロウ、今《いま》の魔法《まほう》、どうやったんだろう。それに、どうしてわたしの家《いえ》を知《し》ってたの……？）

5

古《いにしえ》の魔法《まほう》をとく方法《ほうほう》

チキンポットパイに、マッシュルームのサラダ。たっぷり野菜《やさい》のミネストローネスープ。

その夜《よる》、ブラッサムの家《いえ》で、おいしい料理《りょうり》の数々《かずかず》をごちそうになり、トワは家《いえ》へともどりました。おみやげにもらったアップルパイをテーブルにおくと、ベッドにたおれこみます。

「……はあ、つかれた」

きょうは、なんという日《ひ》でしょう。

十さいになって、魔法皆伝《まほうかいでん》の儀式《ぎしき》があって、はじめて自分《じぶん》のほうきでとんで、そして裏通《うらどお》りでフロウに出会《であ》って……。

「勇気《ゆうき》をだして裏通《うらどお》りにまでいったのに、けっきょく手《て》に入《い》れたのは、うさぎのぬいぐるみだけだなんて、わらっちゃうよね」

トワはため息《いき》をつくと、かばんに入《はい》っていたチュチュをひっぱりだして、ぎゅっとだきしめました。

ふわっとあまい、桃《もも》のかおりがしました。ミクが大《だい》すきだったかおりです。

「おねえちゃん……今《いま》どこにいるの？」

なみだが、ぽたりとチュチュの顔《かお》に落《お》ちました。

その時《とき》です。

とつぜん、チュチュが金色《きんいろ》にかがやきだしたのです。

「えっ、なに？」

おどろいて起《お》きあがると、キラキラとした光《ひかり》がチュチュの全身《ぜんしん》をつつみはじめました。あまりのまぶしさに、トワは思《おも》わず目《め》をつむりました。

しばらくしてから、トワはゆっくり目《め》をあけてみました。そして、うでの中《なか》のチュチュを見《み》て、ぎょっとしました。

チュチュはもう光《ひか》りかがやいてはいません。

でも、おなかのポケットに金色《きんいろ》に光《ひか》るたまごが入《はい》っていたのです。

「なにこれ……。さっきまでこんなのなかったのに」
　ポケットからとりだして、まじまじと見《み》つめました。表面《ひょうめん》にトワの顔《かお》がうつっています。こんなに光《ひか》りかがやくたまごを見《み》たのははじめてです。
　トワは、フロウにいわれた言《こと》葉《ば》を思《おも》いだしました。
『とにかく、うさぎは縁《えん》起《ぎ》がいい

よ。きみにしあわせのたまごをはこんでくれるかもしれないね』

たまごは、手《て》の中《なか》にすっぽりおさまるくらい。なにか音《おと》がしないかふってみましたが、なんにもきこえません。クンクンとにおいをかいでみましたが、なんのにおいもしませんでした。

「ってことは……。わってみるしかないってことだよね」

トワは、コツンとチェストのかどに、たまごをぶつけてみました。

ピキキッ
ひびが入《はい》ったかと思《おも》うと、ぱかっとふたつにわれました。

そして……。

パン！

たまごの
まほうやと

まるで、クラッカーがはじけるような音《おと》がして、
きらきら光《ひか》る小《ちい》さな星《ほし》がまいおちてきたのです。

『汝《なんじ》、たまごの魔法屋《まほうや》となるべし。
隣人《りんじん》に感謝《かんしゃ》され多彩《たさい》な心《こころ》を得《え》よ。
さすれば古《いにしえ》の魔法《まほう》をとくことができるなり……』

ふいに、だれかの声《こえ》がきこえてきました。はじめてきいたのに、どこか耳《みみ》に心地《ここち》のいいやさしい声《こえ》。何度《なんど》も同《おな》じフレーズをくりかえします。トワもいつのまにか、いっしょになってその言葉《ことば》をつぶやいていました。

はっと気《き》がつくと、その声《こえ》はもう消《き》えていました。さっきまであたりにまいおちていた小《ちい》さな星《ほし》も、金色《きんいろ》のたまごのかけらまでも。

（今《いま》の、なんだったんだろう？　夢《ゆめ》でも見《み》たのかな）

けれど、たまごからきこえてきた言葉《ことば》は、トワの頭《あたま》の中《なか》にしっかりときざみこまれています。それは、たしかにこういっていました。

「汝《なんじ》、たまごの魔《ま》法《ほう》屋《や》となるべし……さすれば古《いにしえ》の魔《ま》法《ほう》をとくことができるなり」と……。

トワは思《おも》わずふきだしました。

「たまごのマホーヤって、フロウがいってた伝説《でんせつ》の魔《ま》法《ほう》使《つか》いのことだよね。でも、あれってニンゲンの絵《え》本《ほん》の話《はなし》でしょ？　魔《ま》法《ほう》界《かい》ではきいたことないもん。それに、まだ魔法《まほう》だってぜんぜん使《つか》えないのに、そんなのわたしがなれるわけないし！」

トワがひとりごとをいうと、

「やってみないと、わからないんじゃない？」

うでの中《なか》で、だれかの声《こえ》がしました。

トワはだまって下《した》を見《み》ました。真《ま》っ黒《くろ》なひとみをくりくり動《うご》かすチュチュと、ばっちり目《め》があいます。

「えええええ！　チュ、チュチュが！　しゃ、しゃべった⁉」

「ちょっとお、らんぼうにしないでよ」

ベッドになげだされたチュチュがわめきます。

トワは口《くち》をぱくぱくさせました。

（ななな、なんでしゃべってんの――――!?）

「えーっと、あの、なんでチュチュは急《きゅう》に話《はな》せるようになったの？　それにさっきのたまご、あれなに？」

早口《はやくち》でトワがたずねると、チュチュは首《くび》をかしげました。

「そんなのきかれてもわかんな～い。気《き》がついたらしゃべってて、たまごも

勝手《かって》にポケットに入《はい》ってたんだも～ん。っていうか、チュチュってだれのこと？」

「チュチュはあなたの名前《なまえ》。で、わたしはトワ。ねえ、おねえちゃんのこと、なにか知《し》ってる？　古《いにしえ》の魔法《まほう》のときかたも！」

いきおいこんでたずねましたが、チュチュはあっけらかんとこたえました。

「え？　今《いま》はじめて会《あ》ったのに、トワのおねえちゃんのことなんて、知《し》ってるわけないじゃ～ん」

（なーんだ……）

トワはがっかりしました。こんなふしぎなことが起《お》きたのです。

チュチュなら、なにか知《し》ってるんじゃないかと思《おも》ったのに……。

「わたしのおねえちゃん、古《いにしえ》の魔法《まほう》をかけられて、今《いま》どこにいるかわからないんだ。だからわたし、おねえちゃんをさがしてるの」

トワがいうと、チュチュが耳《みみ》をゆらしてうなずきました。

「そっか。だから、古《いにしえ》の魔法《まほう》のときかたを知《し》りたいんだね」

「うん。でも、手《て》がかりがなくて」

すると、チュチュが目《め》をきらきらさせていいました。

「手《て》がかりなら、さっきあったじゃん！」

ずいっと身《み》を乗《の》りだして、つづけます。

「トワが自分《じぶん》でいってたよ？　『隣人《りんじん》に感謝《かんしゃ》され多彩《たさい》な心《こころ》を得《え》よ～。そうすれば古《いにしえ》の魔法《まほう》はとけるかも～』って。『たまごの魔法屋《まほうや》となれ～』って。それ、ニンゲンの絵本《えほん》のことなんでしょ？　っていうことは、トワがたまごの魔法屋《まほうや》っていうのになって、こまってるニンゲンを助《たす》ければいいんじゃない？」

そういわれて、トワは顔《かお》をしかめました。

「えーっ、でもニンゲンは、むかし、魔法使《まほうつか》いにヒドイことしたんだよ。それなのに、どうして助《たす》けなきゃいけないの？」

トワが鼻《はな》にしわをよせていいかえすと、チュチュはきょとんとした顔《かお》でいいました。

「トワはニンゲンに会《あ》ったこと、あるんだ？」

「ないけど……でも……」

トワは口《くち》の中《なか》でぶつぶついいました。

「それなら、ほんとうのところはわからないじゃん。それに、『むかし』っていつのこと？」

そういわれると、なにもいいかえせません。

「ね、たまごの魔法屋《まほうや》さん、やってみようよ。おもしろそうだし、やっと見《み》つけた手《て》がかりなんでしょ？　チュチュも手伝《てつだ》ってあげるから。そしたらきっと、トワのおねえちゃんを見《み》つけられるよ」

やっと見《み》つけた手《て》がかり……。

トワはきゅっと、くちびるをかみました。

そう、おねえちゃんにはききたいことがいっぱいある。話《はな》したいこともたくさんある。もう二度《にど》と会《あ》えないなんて、ぜったいに、いやだ。かならず見《み》つけだして、またふたりでいっしょにくらすんだ。

そのために、できることがあるなら……。

「うん、じゃあ、やってみようかな……」

トワはとうとう、小《ちい》さな声《こえ》でいいました。

「よ～し、じゃあ、決定《けってい》ね！　ニンゲンに会《あ》いに、しゅっぱ～つ！」

チュチュが、はりきって短《みじか》いうでをふりあげたので、トワは思《おも》わずずっこけてしまいました。

「もう夜《よる》だよ！　今《いま》からなんて、むーり！」

「なーんだ、夜《よる》なのか。じゃあ、もうねなきゃね。おやすみなさーい」

そういうなりチュチュは目《め》をとじて、すやすやねむりはじめました。

「えええ、もうねちゃったの？　今《いま》の今《いま》までしゃべってたのに？」

しあわせそうなチュチュの寝顔《ねがお》を見《み》て、トワはぷっとふきだしました。

わらって、わらって、大《おお》わらい。トワがこんなにわらったのは、ずいぶんひさしぶりのことでした。

さんざんわらったあと、トワはベッドにごろりと横《よこ》になりました。

チュチュをそっとなでて、目《め》をつむります。

（きょうは、いろんなことがあったなあ）

魔法皆伝《まほうかいでん》の儀式《ぎしき》。ほうきに乗《の》って、はじめていった裏通《うらどお》り。

フロウがくれた、うさぎのぬいぐるみ、チュチュ。

金色《きんいろ》のたまごがあらわれ、チュチュがおしゃべりをはじめて……。

（きょう、わたしは十さいになった。きのうまでのわたしは、ニンゲン界《かい》にいくなんて、ましてやたまごの魔法屋《まほうや》をするなんて、思《おも》いつきもしなかったけど……今《いま》、チュチュといっしょなら、なんだかできそうな気《き》がする！）

トワは、はっとして起《お》きあがりました。

キリクさまは、正《ただ》しい魔法使《まほうつか》いになりなさいとおっしゃった。

でも、正《ただ》しいってなんだろう？　だれが決《き》めたの？

ニンゲンは、ほんとうに魔法使《まほうつか》いの敵《てき》なのかな？　それなら、どうしておねえちゃんは、ニンゲンにコイしちゃったの？

全部全部《ぜんぶぜんぶ》、この目《め》で見《み》てたしかめてみよう。

だって、やってみなきゃわからないもんね。

「ねっ、そうでしょ、おねえちゃん」

トワがたずねると、かばんからとびだした写真《しゃしん》の中《なか》で、ミクがにっこりほほえんでいるように見《み》えました。

ゆいちゃんと、にじ色《いろ》のたまご

1
プルギスの森《もり》をぬけて

陽《ひ》の光《ひかり》がレースのカーテンごしにふりそそぐ、日曜日《にちようび》の朝《あさ》。

手早《てばや》くごはんを食《た》べおえたトワは、さっそくでかける準備《じゅんび》をはじめました。

いよいよきょう、たまごの魔法屋《まほうや》をするために、ニンゲン界《かい》へいってみるのです。

「ちょっと、トワ〜。なにしてんのよう。はやくしなよ〜」

トワがあわただしく動《うご》きまわるのを

見《み》ながら、チュチュがあきれたようにいいました。
「だって、わすれものがあったらこまるでしょ」
トワはかばんの中身《なかみ》を何度《なんど》も確認《かくにん》しました。
のみもの、りんご、さいふ、ハンカチ。それから、お守《まも》りがわり
にミクの写真《しゃしん》も入《い》れました。
「よし、これでオッケー！　……でもさ、チュチュ。わたしたち、
ホントにニンゲン界《かい》になんていっちゃっていいのかな？」
前《まえ》に、担任《たんにん》のメアリ先生《せんせい》がいっていました。ニンゲン界《かい》にいく時《とき》
は魔女長老会《まじょちょうろうかい》に許可《きょか》をもらわなきゃいけないって。なのに、勝手《かって》に
いってしまうのは、正《ただ》しい魔法使《まほうつか》いではないような気《き》がします。

「も～。トワったら、まだそんなこといってんの？
平気《へいき》、平気《へいき》。そういうルールって、
やぶるためにあるんだから」
チュチュはそういうと、
ケタケタとわらいました。
（ホントかなあ？）
トワは心《こころ》の中《なか》で思《おも》いましたが、
チュチュにいわれると、そうかも
しれないなという気《き》になってしまいます。
「ねっ、それよりさ、たまごの魔法屋《まほうや》

さんするの楽《たの》しみだね！　どんなたまごがでてくるんだろう～」

チュチュが、うっとりしながらいいます。

「……でもさ、あれっきり、わたしたち、たまごなんてひとつもだしてないよね。ホントにだせるのかなあ？」

考《かん》えれば考《かん》えるほど、トワは不安《ふあん》になりました。でも、チュチュはへっちゃらです。

「な～に、くよくよしてんのよ、トワ！　そんなの、やってみなきゃわかんないじゃん。とりあえず、いってみようよ」

「そうだね。やってみなきゃ、わからないよね」

トワは自分《じぶん》にいいきかせるようにそういうと、「うん」と大《おお》きくうなずきました。

「よし、じゃあ、出発《しゅっぱつ》！」

「そうこなくっちゃ～♪」

チュチュをかばんに入《い》れて、これでほんとうに準備《じゅんび》ばんたん。

トワはほうきをもって家《いえ》をでました。

そこへ……。

「おーい、トワ！　遊《あそ》ぼうぜ」

うしろから声《こえ》がしました。ふりかえらなくてもわかります。おとなりのブラッサムです。

（げ、タイミング悪《わる》っ！）

トワは、あわててほうきを背中《せなか》にかくしました。

「お、おはよう、ブラッサム」

「あれっ、ほうきなんかもって、今《いま》からどこかいくのか？」

「……あー。うん、そうなんだ。ちょっと用事《ようじ》があって。だから悪《わる》いけど、きょうは遊《あそ》べないんだ」

しどろもどろにそういうと、とたんにブラッサムの表情《ひょうじょう》が変《か》わりました。

「用事《ようじ》ってなんだよ。どこまでいくんだよ」

「えーっと、それは……」

その時《とき》、どこからか視線《しせん》を感《かん》じました。そろそろとトワが顔《かお》をあ

げると、りんごの木《き》の上《うえ》で、フクロウのジャックがじいっとこっちを見《み》ています。

（やばっ！）

「ホ、ホントにたいした用事《ようじ》じゃないんだってば」

　トワはむりやり笑顔《えがお》をつくっていいました。

「たいした用事《ようじ》じゃないなら、すぐ帰《かえ》ってくるだろ？　それなら、帰《かえ》ってきたらいっしょに遊《あそ》べるよな？」

（んもー。ブラッサムってば、しつこいんだから！）

「うん、わかった。じゃあ、帰《かえ》ってきたら、ね。それなら、よけいに急《いそ》いでいかなきゃ」

トワはそういうと、すぐにほうきにまたがりました。

「じゃあね、いってきまーす！」

地面《じめん》をけって、空《そら》にまいあがると、

「約束《やくそく》だぞーっ！」

ブラッサムの声《こえ》がきこえてきましたが、トワはきこえないふりをしました。

・・・✳・★ ★・✳・・・

バーベナ村《むら》、オレガノ地区《ちく》をすぎ、カモミール横丁《よこちょう》、バジル街《がい》を通《とお》りぬけ、トワはプルギスの森《もり》のそばまでやってきました。足元《あしもと》には裏通《うらどお》りが見《み》えています。さっきまであたたかな光《ひかり》がさしていたのに、気《き》のせいでしょうか、陽《ひ》がかげってきました。

真《ま》っ暗《くら》な闇《やみ》におおわれたプルギスの森《もり》の近《ちか》くに、魔法使《まほうつか》いたちのすがたはありません。なぜならこの先《さき》には、ニンゲン界《かい》があるから。おそろしくて、だれも近寄《ちかよ》ろうとはしないのです。

木々《きぎ》が、ざわざわと不気味《ぶきみ》に葉《は》をゆらします。トワはごくりとつばをのみこみました。

「チュチュ。準備《じゅんび》はいい？」

「オッケ〜♪」

かばんから顔《かお》をだしたチュチュが、気《き》のぬけるような明《あか》るい声《こえ》でこたえました。

トワは頭《あたま》にのせたぼうしを深《ふか》くかぶりなおすと、

「いっけえ〜っ！」

猛《もう》スピードでプルギスの森《もり》をつっきりました。

風《かぜ》がごうごうと耳元《みみもと》で鳴《な》ります。マントのすそがばたばたと音《おと》を立《た》てました。つめたい風《かぜ》がほおを通《とお》りすぎていきます。

(ニンゲン界《かい》ってどんなところなんだろう?)

きっと、このプルギスの森《もり》みたいに真《ま》っ暗《くら》で、ごつごつした岩《いわ》だらけで、凶暴《きょうぼう》な動物《どうぶつ》がうろうろしていて……。それに、もしニンゲンにつかまったら、ろうやに入《い》れられてしまうかも!

(こ、こわい……!)

おそろしい想像《そうぞう》ばかりが頭《あたま》にうかび、トワは目《め》をぎゅっととじていましたが、ふいに空気《くうき》が変《か》わったことに気《き》がつきました。

おそるおそる目《め》をあけると、そこには青々《あおあお》としげる草原《そうげん》が広《ひろ》がっていました。ぽつんぽつんと建《た》っている家《いえ》のそばで、牛《うし》がゆっくりと草《くさ》を食《は》んでいます。

（ほえ～、魔法界《まほうかい》とぜんぜん変《か》わらないや）
トワは肩《かた》をすくめました。
頭《あたま》の中《なか》で想像《そうぞう》するのと、自分《じぶん》の目《め》で見《み》てみるのって、こんなにも

ちがうんだな。

その時《とき》、ふと思《おも》いました。

（おねえちゃんも、はじめてきた時《とき》、わたしと同《おな》じことを思《おも》ったのかもしれない）

いったい、いつから通《かよ》っていたんだろう？

学校《がっこう》からの帰《かえ》りがおそいなと思《おも》う日《ひ》はあったけれど、まさかニンゲン界《かい》にいっているなんて思《おも》いもしませんでした。

（おねえちゃんは、ここでどんな発見《はっけん》をしたんだろう？　どんなニンゲンたちと出会《であ》ったのかな……）

「ねえ～、トワ。もっと、にぎやかな場所《ばしょ》にいこうよ。ここ、牛《うし》しかいないよ〜」

かばんから顔《かお》をのぞかせたチュチュがいいました。

「ほら、この先《さき》に広《ひろ》い道《みち》がつづいてる。あっちにいってみよ〜」

（んもう。かばんの中《なか》にいるだけだからって、勝手《かって》なこといって）

そう思《おも》いましたが、トワはほうきの柄《え》をにぎりしめてうなずきました。

「りょーかい！」

そのまま向《む》きを変《か》え、スピードをあげました。

2
こまってる人《ひと》、いませんか？

広《ひろ》い道《みち》の先《さき》にあったのは、色《いろ》とりどりの電車《でんしゃ》がいきかう駅《えき》でした。

看板《かんばん》には、『つばさ台駅《だいえき》』と書《か》いてあります。たくさんのニンゲンたちが、トワたちの目《め》の前《まえ》をいきかっています。

「ほら、いっぱいニンゲンいたじゃ〜ん。チュチュのいったとおりだったでしょ？」

じまんげにいうチュチュを横目《よこめ》に、トワはかちんこちんに体《からだ》をこわばらせました。

（わたしが魔女《まじょ》だってわかったら、どうなるんだろう？）

トワはぼうしの下《した》から、いきかう人《ひと》たちをのぞき見《み》ました。

ニンゲンたちの見《み》た目《め》は、魔法使《まほうつか》いとほとんど変《か》わりません。ちがうのは、ニンゲンたちがいろんな色《いろ》や種類《しゅるい》の服《ふく》を着《き》ていること。

（ふうん、ニンゲンっておしゃれなんだな）

トワは、ちょっぴりうらやましくなりました。

「……えっと、どうしよっか」

トワがチュチュに問《と》いかけました。

「どうするって、そりゃあ、声《こえ》をかけるんだよ。じゃないと、だれがこまってるかわからないじゃん」

そういうと、チュチュは大《おお》きく息《いき》をすいこみました。

「ニンゲンのみなさーん!
こまってること、ありませんか~?
おなやみごとは、なんでも解決《かいけつ》。
たまごの魔法屋《まほうや》でーす!」

(えー、なにそれ!)
トワはぎょっとして、

チュチュの口《くち》を手《て》でおさえました。

「ちょっとまってよ、チュチュ。そんなこといって、魔法《まほう》のたまご、ホントにだせるの？」

「もごんご（わかんない）」

チュチュは、しれっとした顔《かお》で首《くび》をふります。

「じゃあ、そんなこといっちゃ、だめじゃん。もうちょっと考《かんが》えてからにしようよ。ほら、おやつのりんごでも食《た》べてさ」

トワがいうと、チュチュはきょとんとして首《くび》をひねりました。

「考《かんが》えるって、なにを？　りんご食《た》べたら、いい考《かんが》えってうかぶの？」

「それは、わかんないけど……」

トワはぐっと言葉《ことば》をのみこみました。

「せっかくここまできたのに、頭《あたま》の中《なか》で考《かんが》えてばっかりいたら、いつまでたっても、なんにも起《お》こらないよ?」

「それはそうだけどさ」

しばらくもじもじしていましたが、ついにトワは決心《けっしん》しました。

(ううう。おねえちゃんのためだ。思《おも》いきってやってみよう!)

すうっと大《おお》きく息《いき》をすいこむと、口《くち》の横《よこ》に手《て》をあててさけびました。

「ニンゲンのみなさーん! えっと、なにか、こまってること、ありませんかー!」

だれも足《あし》を止《と》めません。おとなも、こどもも、みんななにかに追《お》いたてられているみたい。せかせかと歩《ある》いて先《さき》を急《いそ》いでいます。トワのことなんて、だれも見向《みむ》きもしません。

「声《こえ》がちっちゃくて、きこえないんじゃない？」

チュチュにいわれて、もう一度《いちど》、息《いき》をすいこもうとしたら……。

「おい、トワ！」

すぐうしろから声《こえ》がしました。

びっくりしてふりかえると、なんとそこにはブラッサムが立《た》っていました。

「こんなとこでなにしてんだよっ！　ちょっと用事《ようじ》だなんていって」

いうなり、トワのうでをらんぼうにつかみます。

「許可《きょか》もとらずにニンゲン界《かい》にきたことがバレたら、どうなるかわかってるのか！」

「はなして！」

トワはブラッサムの手《て》をふりはらいました。

「なんでここにいるわけ？　ブラッサムには関係《かんけい》ないじゃない」

「関係《かんけい》ないってことはないだろ！　トワのこと、心配《しんぱい》してやってるのに」

ブラッサムは、顔《かお》を赤《あか》くしておこっています。

（もう！　心配《しんぱい》してほしいなんて、たのんでないのに）

ブラッサムはむかしからこうです。同《おな》い年《どし》なのにすぐ、おにいさんぶるのです。

「悪《わる》いけど、わたし帰《かえ》らないから。たまごの魔法屋《まほうや》になるんだもん」

トワはブラッサムからはなれようと歩《ある》きだしました。

「はあ？　なんだ、それ。そんなことより、おまえ、さっきニンゲンに声《こえ》をかけようとしてたな。ニンゲンに心《こころ》をゆるすのは禁止《きんし》されてるだろ？」

「そんなこと、しないってば」

「いっとくけど、フツーのニンゲンに魔法使《まほうつか》いのすがたは見《み》えないんだぞ。ばあちゃんがいってたし」

（えっ、そうなの？）

はじめて知《し》りましたが、今《いま》さらあとにはひけません。

「わかってるってば。いいから、ほっといてよ」

トワが足《あし》をはやめます。そのあとを、ブラッサムも負《ま》けじと追《お》いかけてきます。

「ジャックに見《み》つかる前《まえ》に、はやく帰《かえ》ろうぜ。じゃないと、ばあちゃんにいいつけられるぞ」

「うるさいなあ。マリーにおこられるのがそんなにいやなら、さっさと帰《かえ》りなさいよ」

ふたりでいいあらそいながら歩《ある》いていると、いつのまにか駅前通《えきまえどお》りにでていました。ニンゲンたちはあいかわらず、いそがしそうにいきかっています。

ふと、トワが足《あし》を止《と》めました。追《お》いかけていたブラッサムは、トワの頭《あたま》に鼻《はな》をぶつけます。

「……イッタ！　なんだよ、トワ。急《きゅう》に止《と》まんなよ」

「ねえ、声《こえ》がきこえる……！」

トワが耳《みみ》をすまします。

「声《こえ》?」

ブラッサムもトワのまねをして耳《みみ》に手《て》をあてました。

「ほら、だれかがこまってる声《こえ》……。あっちだ!」

トワは、さっとほうきにまたがり、ブラッサムを置《お》いて、空高《そらたか》くまいあがりました。

「おい、まてってば!」

3

おもち救出作戦《きゅうしゅつさくせん》

……ひっく、ひっく

だれかが、ないています。こまりはてて、自分《じぶん》ではどうしようもできなくて、つらくてないている声《こえ》。

トワはかぼそくきこえてくるなき声《ごえ》をたよりに、声《こえ》の主《ぬし》をさがしました。

大通《おおどお》りをすぎ、小《ちい》さな公園《こうえん》を通《とお》りぬけると、家々《いえいえ》が建《た》ちならぶ丘《おか》の先《さき》に土《ど》手《て》が見《み》えました。ゆるやかなカーブをえがく川《かわ》に、赤《あか》い橋《はし》がかかっています。

そこで、小《ちい》さな女《おんな》の子《こ》がないていました。

（あの子《こ》だ！）

トワは橋《はし》のたもとにおりたつと、しゃがんでないていた女《おんな》の子《こ》に声《こえ》をかけました。

「ねえ、どうしたの？」

すると、女《おんな》の子《こ》はぽかんとして顔《かお》をあげました。

「……あなた、だあれ？」

女《おんな》の子《こ》がトワの顔《かお》をまじま

じと見《み》つめます。

（な〜んだ、ちゃんとわたしのこと、見《み》えてるじゃん）

トワはほっとして、女《おんな》の子《こ》にむかってほほえみかけました。

「わたし、たまごの魔法屋《まほうや》トワ！　こまってる人《ひと》を助《たす》けにきたんだよ」

「たまご……魔法屋《まほうや》……トワ、ちゃん？」

女《おんな》の子《こ》はトワのかぶっている大《おお》きな黒《くろ》いぼうしと、たっぷりした古《ふる》ぼけたマント、それから背中《せなか》にかついだほうきと、かばんから顔《かお》をのぞかせているチュチュをじゅんぐりに見《み》ています。あんまりまじまじと見《み》つめられて、トワははずかしくなってきました。

「ええっと、今《いま》、どうしてないていたか、教《おし》えてくれる？」

トワが質問《しつもん》すると、女《おんな》の子《こ》のひとみに、またぐんぐんなみだがもりあがりました。

「『おもち』がいなくなったの！」

「……おもち？」

「おおい、トワ！」

そこで、やっと追《お》いついたブラッサムが、ぜいぜいいいながらトワたちのそばへとかけてきました。

「げっ、ニンゲンとしゃべってる！　なんで？」

目《め》をむくブラッサムを無視《むし》して、トワはたずねました。

「ねえ、ブラッサム。『おもち』ってなんのこと？」

「は？　おれが知《し》るわけないだろ」

「なによ。いっつも自分《じぶん》はなんでも知《し》ってるってじまんしてるくせに、肝心《かんじん》なことは知《し》らないんだから」

ブラッサムが、顔《かお》を赤《あか》くしていいかえしてきました。

「ニ、ニンゲンのことなんてわかるかよ」

「じゃあ、チュチュは知《し》ってる？」

でも、チュチュはこたえません。まるで、元《もと》のぬいぐるみにもどったかのようです。

(あれっ、なんで？　ブラッサムがそばにいるからかな)

「おまえ、なにぬいぐるみに話《はな》しかけてんだよ」

「うるさいな、いいでしょ、べつに」

こそこそとふたりでいいあっていると、女《おんな》の子《こ》がなみだ声《ごえ》でいいました。

「おもちっていうのは、ねこの名前《なまえ》」

「えっ、ねこ？」

トワとブラッサムの声《こえ》が重《かさ》なります。

どうしてそんな名前《なまえ》をつけたのか気《き》になりましたが、トワはブラッサムをおしのけて女《おんな》の子《こ》にききました。

「ねこが、どこかにいっちゃったの？」

すると、女《おんな》の子《こ》はこくんとうなずきました。

「きのうの夜《よる》、外《そと》でかみなりが鳴《な》ったの。そしたら、おもちがこわがって大声《おおごえ》で鳴《な》いたの。テレビで野球《やきゅう》をみてたパパが、音《おと》がきこえないっておこって……おもちを二階《かい》の部屋《へや》にとじこめちゃった。あとで見《み》にいったら、ベランダのまどがあいてたの。もうすぐまた夜《よる》になっちゃう。きっとおなかをすかせてるよ」

トワとブラッサムはふんふんとうなずきながら、女《おんな》の子《こ》の話《はなし》をききました。『てれび』と『やきゅう』というのがなにかわかりませんが、それ以外《いがい》はなんとなくわかりました。

「つまり、ねこが家《いえ》からでていったってことだよな」

「それで、まだ帰《かえ》ってきてないんだね」

女《おんな》の子《こ》は大《おお》きなひとみになみだをためて、うなずきました。

「おもちはとってもおくびょうだから、家《いえ》からでたことがないの。だからいつでも毛《け》が真《ま》っ白《しろ》で、ちょっぴりおでぶだから、おもちって名前《なまえ》にしたんだよ。食《た》べものの『おもち』、わかるでしょう?」

(食《た》べものの名前《なまえ》をねこにつけるのかあ。ニンゲンっておもしろいな)

真《ま》っ白《しろ》でちょっとおでぶの食《た》べものだなんて、なんだかおいしそうです。

「あなたは、おもちがいなくなったから、こまってたんだね」

トワの言葉《ことば》に、女《おんな》の子《こ》は不安《ふあん》げにうなずきました。

「よし！　じゃあ、いっしょにさがそう！」

トワがいうと、ブラッサムがあわてて口《くち》をはさみました。

「おいおい、よせよ。ニンゲンにかかわるなって。さっさと魔法界《まほうかい》に帰《かえ》ろうぜ」

「ここまできいておいて、ほうっておけっていうの？　あの子《こ》がかわいそうだって思《おも》わないわけ？」

「それは……」

ブラッサムが、まゆをさげて女《おんな》の子《こ》を横目《よこめ》で見《み》ます。トワとブラッサムの会話《かいわ》をきいて、女《おんな》の子《こ》はじいっとトワとブラッサムを見《み》つめました。

「おねえちゃんとおにいちゃんは、魔法使《まほうつか》いなの？」

トワはうれしくなってうなずきました。

「うん、そうだよ！」

ブラッサムはぎょっとして、あわててトワの手《て》をひっぱりました。

「よせって！　わざわざ魔法使《まほうつか》いだなんていわなくていいだろ！　ニンゲンにバレるとやっかいなことになる」

「なんでよ。あんたにはプライドってもんがないの？　正々堂々《せいせいどうどう》と名乗《なの》ればいいじゃない」

「ばかっ！　おまえ、自分《じぶん》のねえちゃんが、どうなったかわすれたのか！」

「わすれるわけ、ないでしょ！　そのためにここにきたんだから！」

トワはそういうと、

「そうだ！」

ぱちんと指《ゆび》を鳴《な》らしました。

「ねえ、空《そら》からなら見《み》つけられるんじゃないかな？」

トワの言葉《ことば》に、女《おんな》の子《こ》が目《め》をかがやかせます。

「えーっ、もしかして、トワちゃん、ほうきで空《そら》をとべるの？」

「うん、とべるよ」

「お、おい。まさか、ニンゲンをほうきに乗《の》せるつもりか？」

ブラッサムに、おびえたようにきかれて、

「当《あ》たり前《まえ》じゃない」

トワは、こともなげにうなずきました。

「おまえ、そんなことして、ばあちゃんに知《し》られたら……！」

ブラッサムが真《ま》っ青《さお》な顔《かお》でいいます。

「だったらブラッサムは帰《かえ》れば？　ねえ、ええっと、あなたの名前《なまえ》はなんていうの？」

「ゆいだよ」

女《おんな》の子《こ》がいいました。

「わかった。じゃあ、ゆいちゃん。わたしといっしょにほうきに乗《の》れる？　空《そら》からおもちをさがすの」

トワがいうと、ゆいはよろこんでトワのうしろにいき、ほうきにおしりを乗《の》せました。

とたんにブラッサムがあわてます。

「いきなりうしろに乗《の》るのはあぶないよ。ほら、このぬいぐるみをあいだにはさんで」

そういって、トワのかばんからチュチュをひっぱりだします。それからゆいをだきかかえ、トワの前《まえ》へとすわりなおさせました。トワのおなかとゆいの背中《せなか》にはさまれて、チュチュがぺったんこになっています。

「なんでうしろじゃだめなわけ？　チュチュがかわいそうなんだけど」

トワが文句《もんく》をいうと、ブラッサムがあきれたようにいいました。

「まだ魔法《まほう》を使《つか》えるようになったばっかりのくせして、えらそうに。だいたい、この子《こ》がうしろにいたら、おまえのマントがじゃまで、

どこにねこがいるか見《み》えないじゃないか」

いわれてみれば、たしかにそのとおりです。

「それに、ふたり乗《の》りは、バランスとるのがけっこうむずかしいんだぜ？　小《ちい》さいその子《こ》を前《まえ》にすわらせて、あいだにそのぬいぐるみをはさんでおけば、ぐらぐらしないからちょうどいいんだ」

（あっ、そうなんだ）

トワより先《さき》に魔法《まほう》を使《つか》えるようになっただけあって、ブラッサムはさすがに物知《ものし》りです。でも、トワはそれを口《くち》にだすのがくやしくて、べーっと舌《した》をだしました。

「そんなこと、いわれなくてもちゃんと知《し》ってたし！」

今度《こんど》は、ゆいの顔《かお》をのぞきこみます。

「いい？　ほうきの柄《え》をしっかりもつんだよ？」

ゆいが真剣《しんけん》な表情《ひょうじょう》でうなずきます。

「よーし、じゃあ、レッツゴー！」

トワはそういって、地面《じめん》をけりました。

ぶわあっ
とつぜん、ほうきが上空《じょうくう》にまいあがり、あっという間《ま》に地面《じめん》が遠《とお》ざかっていきます。

「ひゃあああん！」

とつぜん、ゆいがなきだしました。

「こ、こわいよ、こわい！　落《お》ちちゃう！」
そういって、いきなりトワのほうをふりかえりました。
「あ、まって、あぶない！」
ぐらり
バランスがくずれて、ゆいとトワのあいだにあったチュチュが
まっさかさまに落《お》ちていきます。
「やだ！　チュチュが……！」
とっさに手《て》をのばしましたが、とどきません。チュチュは、川《かわ》に
むかって落《お》ちていきます。追《お》いかけようにも、ゆいがしがみついて
いて身動《みうご》きがとれません。

（……どうしよう！）
ひゅうん！
チュチュが川《かわ》に落《お》ちる手前《てまえ》、ぎりぎりのところで、黒《くろ》いかげが横《よこ》切《ぎ》りました。おどろいているあいだに、そのかげはトワのそばにとんできます。

「……ほら！　おまえの大事《だいじ》なぬいぐるみ！」

ブラッサムが間一髪《かんいっぱつ》、川《かわ》に落《お》ちる寸前《すんぜん》でチュチュをうけとめてくれたのです。

「あ……、ありがと」

トワはかすれた声《こえ》でお礼《れい》をいい、ぎゅっとチュチュをだきしめました。あまい桃《もも》のかおりが、ふっと鼻《はな》をかすめます。

（よかった……）

「トワちゃん、ごめんね。急《きゅう》に空《そら》にあがってこわくなっちゃったの」

反対《はんたい》がわのうでにしがみついているゆいがいいました。

トワはゆいのことも、ぎゅっとだきしめました。

「ううん、こっちこそ、急《きゅう》にスピードだして、こわがらせてごめんね」

「でも、ゆい、もう平気《へいき》。おもちを見《み》つけるためだもん。こわくない！」

ゆいの言葉《ことば》をきいて、トワは気《き》がつきました。

（そっか……）

ゆいは、こわくても、おもちをさがすためにがんばろうとしてる。

トワだって同《おな》じです。はじめは、ニンゲン界《かい》にいくのがおそろしかったけれど、ミクを見《み》つけるためにがんばってここまできたのですから。
トワは魔法使《まほうつか》いで、ゆいはニンゲン。
でも今《いま》は、同《おな》じ気持《きも》ちでいるのです。
トワは、そっとゆいの背中《せなか》に手《て》を乗《の》せました。
「今度《こんど》はゆっくりとぶから。おもちがいるか、しっかり見《み》ててね」
トワの言葉《ことば》に、ゆいは「うん！」と大《おお》きくうなずきました。

4

トワの想《おも》い

「おもちー！」

「おいで、どこにいるのーっ？」

トワとゆいは、空《そら》からおもちをさがしました。

ブラッサムもいっしょです。あんなに反対《はんたい》していたくせに、ブラッサムも熱心《ねっしん》におもちをさがしてくれました。

ゆいの家《いえ》の近《ちか》く、駅《えき》や学校《がっこう》、川《かわ》のむこうや公園《こうえん》も、空《そら》からくまなくさがしました。

それでも、おもちは見《み》つかりません。

「なあ、いったん下《した》におりようぜ」

ブラッサムにいわれて、トワはすなおにうなずきました。

三人《にん》は、人気《ひとけ》のない土手《どて》へとまいおりました。

夕日《ゆうひ》がかたむき、鉄橋《てっきょう》をわたる電車《でんしゃ》がオレンジ色《いろ》にそまっています。三人《にん》のかげが、地面《じめん》に長《なが》くのびていきます。

「おもち、いったいどこにいったのかなあ」

トワはすっかりつかれて土手《どて》にすわりこみ、ため息《いき》をつきました。

「きっと、町《まち》の外《そと》にいったんじゃないか？　もうこれ以上《いじょう》、さがすとこなんてないぜ」

ゆいが、となりにすわるブラッサムのうでにとりすがりました。

「じゃあ、もう、おもちに会《あ》えないの？」

「うーん、しかたないけどそうかもな」

ブラッサムの言葉《ことば》に、ゆいがきゅっとくちびるをかみしめます。

「もう日《ひ》もくれちまったし、きみもそろそろ帰《かえ》らなきゃ。家《いえ》の人《ひと》が心配《しんぱい》するだろ？」

ブラッサムはそういうと、ゆいの手《て》をはなして立《た》ちあがりました。

トワは、にんじんスープのような色《いろ》に変《か》わっていく空《そら》を見《み》あげました。日《ひ》がくれても家《いえ》に帰《かえ》らなければ、今度《こんど》はゆいがまいごになったと、さわぎになるでしょう。

ブラッサムがトワに目《め》くばせしました。
「おれたちも夜《よる》になるまでにもどらないと、今度《こんど》こそジャックがさわぎだす。そうなると、いよいよばあちゃんに見《み》つかっちまうぞ」
「……うん」

きょうのところは、あきらめたほうがいいのかもしれない。

（しかたないよね……）

トワは心《こころ》の中《なか》で言《い》いわけして立《た》ちあがりました。

でも、ゆいはなかなか立《た》ちあがりません。ひざをかかえてうつむいたままです。

ちくん

トワの心《こころ》に、いたみが走《はし》ります。

そのすがたは、ミクがいなくなってすぐのころのトワに、そっくりでした。

「じゃあな。悪《わる》いけど、おれたち帰《かえ》るから」

ブラッサムはそういうと、自分《じぶん》のほうきにまたがりました。

「ほら、いくぞ、トワ」

ふわっとうきあがりながら、トワをせかします。

「……わたし、帰《かえ》らない」

トワはそういうと、ゆいのうでをぎゅっとつかみました。

「え？」

ブラッサムが、まゆをひそめます。

「ブラッサムは先《さき》に帰《かえ》ってて！」

いうなり、トワはほうきにまたがりました。そしてそのまま地面《じめん》をけり、ゆいを連《つ》れて空《そら》にまいあがります。

「ひゃあ！」

ゆいがおどろいて声《こえ》をあげます。

「おい、トワ！」

「しっかりつかまって、ゆいちゃん！」

かばんをあいだにはさむと、トワはゆいをかかえなおし、ブラッサムに追《お》いつかれないよう、猛《もう》スピードで夜《よる》の方角《ほうがく》へむかってとびました。

「まてよ、まてってば！」

ブラッサムの声《こえ》がどんどん遠《とお》ざかっていきます。

橋《はし》の下《した》をくぐり、住宅街《じゅうたくがい》をぬけ、大通《おおどお》りをすぎて……とうとう、町《まち》はずれの小《ちい》さな公園《こうえん》にたどりつきました。ゆっくりスピードを落《お》として地面《じめん》におりたつと、ゆいをほうきからおろしました。

「びっくりさせちゃってごめんね、ゆいちゃん」

ゆいはだまって首《くび》を横《よこ》にふりました。

公園《こうえん》にはだれもいません。砂場《すなば》にはだれかがわすれていった青《あお》いスコップがぽつんとひとつ置《お》いてあります。

「ブラッサムはああいったけど、もうちょっとだけ、おもちのことさがしてみようよ」

トワの言葉《ことば》に、ゆいは心細《こころぼそ》そうに身《み》をちぢめました。

「……でも、もう夜《よる》になっちゃう」

太陽《たいよう》がしずんでから、あたりの空気《くうき》もずいぶんつめたくなっています。そばにある街灯《がいとう》が、音《おと》もなくつきました。

「もう、ゆいは、おもちに会《あ》えないんだね……」

ゆいがぽつんとつぶやいた言葉《ことば》が、トワの心《こころ》につきささります。

大《だい》すきな人《ひと》が、どこにいるかわからない。

大《だい》すきな人《ひと》に、もう会《あ》えないかもしれない。

トワは、ふいにミクの笑顔《えがお》を思《おも》いだしました。

（いやだ。ぜったいにあきらめたくない。ゆいちゃんに、おもちともう一度《いちど》、会《あ》わせてあげたい！）

トワはぎゅっとチュチュをだきしめました。

（ああ、ゆいちゃんとおもちをむすぶリボンがあればいいのに。たとえどんなにはなれても、また会《あ》うことができるリボンが……！）

チュチュをだきしめたうでに力《ちから》をこめた時《とき》、トワは、はっとしました。チュチュのおなかのポケットに、いつのまにか、にじ色《いろ》のたまごが入《はい》っています。魔《ま》法《ほう》のたまごです！

ふつうのよりもひとまわり大《おお》きくて、あわい光《ひかり》をはなつ、たまご。表面《ひょうめん》にはカラフルなにじ色《いろ》もようがえがかれています。

「で、で、でた！　……今《こん》度《ど》のは、もようがある！」

おそるおそるたまごをもちあげた時《とき》、チュチュのひとみがくるんと動《うご》きました。

「ほーら、いったでしょ。チュチュは魔法《まほう》のたまごをだせるって」

「ひゃあっ！」

トワは、びっくりして、手《て》にもっていたたまごを落《お》としそうにな
りました。

「あーっ、もう、あぶないなあ、なにしてんの？」

「なにしてんのって……！」

トワは口《くち》をぱくぱくさせました。

（あっきれた。さっきまでふつうのぬいぐるみにもどってたくせに）

「トワちゃん、すごい！　うさぎさんに魔法《まほう》をかけたの？　わあ、
おしゃれなたまごもってる！」

となりに立《た》つゆいが目《め》をきらきらさせて、チュチュとたまごを順《じゅん》番《ばん》にのぞきこみました。

「こんにちは、わたしは、ゆいだよ」

「ふーん、ゆいかあ。チュチュだよ、よろしくね～」

「わあ、かわいい！」

ゆいがチュチュをだきしめます。

(性格《せいかく》は、あんまりかわいくないけどね)

トワは心《こころ》の中《なか》でこっそりいいました。

「ねえ、それよりトワ、たまごの中身《なかみ》、見《み》てみようよ～」

チュチュがいいます。

「うん！」

トワは両手《りょうて》で大事《だいじ》にたまごをつつみ、そばにあったベンチにこしかけました。にじ色《いろ》に光《ひか》りかがやく魔法《まほう》のたまごは、最初《さいしょ》にあらわれた金色《きんいろ》のものよりずっと、絵本《えほん》で見《み》たたまごにそっくりです。

（もしも、フロウが見《み》せてくれたあの絵本《えほん》のとおりなら、これで、ゆいちゃんを助《たす》けることができるかもしれない）

おねがい！　ゆいちゃんを助《たす》けて！

トワは、どきどきしながらたまごをもちあげ、

コツン

思《おも》いきってベンチのかどにぶつけました。

5

リボンの先《さき》に見《み》つけたもの

ぱかっ
魔《ま》法《ほう》のたまごのからがわれたとたん、中《なか》からにじ色《いろ》の光《ひかり》があふれだしました。

「ひゃあっ、まぶしい……」

トワはぎゅっと目《め》をつむってから、ゆっくりとひらきました。

すると……。

「うわあ！」

トワも、ゆいも、それからチュチュも声《こえ》をあげました。たまごの中《なか》から、にじ色《いろ》に光《ひか》るリボンがあらわれたのです！

リボンはまるで生《い》きているみたい。どこまでもどこまでも、空《そら》にむかってのびていきます。

「すごい……！　ホントにでてきた……」

「でも、あのリボン、どこまでいっちゃうわけ？」

トワたちが立ちあがり、あっけにとられて見《み》ていると、
シュルル　キュッ！

リボンのもうかたほうのはしっこが、ゆいの小指《こゆび》にまきつきました。

「え～っ。なにこれ」

ゆいがトワにむかって小指《こゆび》をつきだします。

トワはしばらくゆいの指先《ゆびさき》と、空《そら》へとのびているリボンを見《み》くらべました。

「もしかして……！」

そういうと、トワはチュチュをかかえてほうきにまたがりました。

「ゆいちゃん、乗《の》って！　おもちがどこにいるか、わかるかもしれない！」

「ほんとう？」

ゆいも、あわててほうきにまたがります。

「さあ、リボンのあとを追《お》いかけるよ！」

トワは地面《じめん》をけって、空《そら》へまいあがりました。

すっかり暗《くら》くなった空《そら》には、小石《こいし》のような星《ほし》がひとつ、またひとつとまたたきはじめました。街《まち》にも空《そら》の星《ほし》と同《おな》じように、ひとつ、またひとつと明《あ》かりがともりはじめています。

シュルルルル

ゆいの指先《ゆびさき》にむすばれたリボンは、まるで道案内《みちあんない》をしてくれているかのように、進《すす》む方向《ほうこう》をしめします。

その先《さき》には、大《おお》きな木《き》がありました。

木《き》の根元《ねもと》にぼんやりと白《しろ》いかげが見《み》えます。近《ちか》づいてみると、それは、心細《こころぼそ》そうにすわっている真《ま》っ白《しろ》なねこ！

にじ色《いろ》のリボンの先《さき》が、前足《まえあし》にまきついています。

「ゆいちゃん、あのねこ、もしかして……！」

「おもち！」

木《き》の根元《ねもと》におりたつと、ゆいが両手《りょうて》を広《ひろ》げました。

ねこはぴくりと耳《みみ》を動《うご》かして、ゆいの足元《あしもと》へとかけだしました。

みゃあん
「おもち、さがしたんだよ！」

ゆいがおもちをだきあげると、ふたりをつないでいたリボンはきらきらと光《ひかり》をはなったあと、消《き》えてしまいました。

「ゆいちゃん、やったね！」

トワが声《こえ》をかけると、ゆいはおもちをだきしめたまま、にっこりほほえみました。

「うん！　トワちゃん、おもちを見《み》つけてくれて、ありがとう！」
ゆいがそういうと、むねのあたりに黄《き》色《いろ》い光《ひかり》がぼんやりとまたたきました。その光《ひかり》はふわふわと宙《ちゅう》をただよい、うかんでいたかと思《おも》うと……。

ぽわん

ハートの形《かたち》になって、チュチュのおなかのポケットにすいこまれていきました。

（えっ？）

トワはとっさにポケットをのぞきこみ、人《ひと》さし指《ゆび》でさぐって

みましたが、なにも入《はい》って
いません。
「やあだ、くすぐったい」
チュチュがうでの中《なか》で
ケタケタわらっています。
その時《とき》、
「ゆいー！」
どこかで声《こえ》がしました。
ふりかえると、砂利《じゃり》道《みち》の先《さき》に、
ふたつの人《ひと》かげが見《み》えます。

「パパ、ママ！」

ゆいは返事《へんじ》をすると、おもちをかかえてかけだしました。

「おもち、いたよ。ゆいが見《み》つけたの！」

「あっ、ゆいちゃん……！」

トワがよびかけましたが、ゆいはふりむきもせずに、いってしまいます。

「もう、魔法《まほう》がとけちゃったんだよ」

チュチュがトワのうでの中《なか》でいいました。

「こまってたことが解決《かいけつ》した。だからもう、あの子《こ》にはトワのすがたが見《み》えないし、声《こえ》もきこえないんだよ」

（そっか……）

トワはちょっぴりさみしく感《かん》じました。

おもちが見《み》つかって、ゆいが笑顔《えがお》になったことはすごくうれしいけど、これでお別《わか》れだなんて。せっかく友《とも》だちに、なれたのに。

そこまで考《かんが》えて、はっとしました。

（友《とも》だち……あの子《こ》とわたしが？　でも、あの子《こ》はニンゲンなのに）

小《ちい》さいころから教《おし》えられてきた、暗黒《あんこく》の歴史《れきし》の中《なか》のおそろしいニンゲンたち。けれど、実際《じっさい》に出会《であ》ってみたら、そんなことはありませんでした。ニンゲンと魔女《まじょ》のすむ世界《せかい》にちがいはあっても、うれしいことや悲《かな》しいことを感《かん》じる心《こころ》は同《おな》じでした。

（そうだ。わたしとゆいちゃんは、たとえこの先会《さきあ》うことがなくても、さっきまではまちがいなく、友《とも》だちだったんだ）

みゃあん

ゆいの手《て》をすりぬけて、地面《じめん》におりたったおもちが、トワにむかって鳴《な》きました。

まるで、「ありがとう」っていったように。

「ゆいちゃんも、おもちも、元気《げんき》でね」

トワは遠《とお》ざかっていく友《とも》だちに手《て》をふりました。すがたが見《み》えなくなるまで、ずっと。

「ねえ、トワ。これでわかったでしょ？　やっぱりチュチュとトワはたまごの魔法屋《まほうや》さんなんだよ」

「えっ？」

「ほら、わすれちゃったの？　金色《きんいろ》のたまごの言葉《ことば》」

そうチュチュにいわれて、トワはあのフレーズをつぶやきました。

『汝《なんじ》、たまごの魔法屋《まほうや》となるべし。

隣人《りんじん》に感謝《かんしゃ》され多彩《たさい》な心《こころ》を得《え》よ。

『さすれば古《いにしえ》の魔法《まほう》をとくことができるなり』

そこでトワは、思《おも》いつきました。

「ねえ、さっき、ゆいちゃんが『ありがとう』っていってくれた時《とき》、黄色《きいろ》いハートが、チュチュのポケットにすいこまれたよね？　もしかして、あれが『多彩《たさい》な心《こころ》』なのかな？」

チュチュは「う〜ん」といってからうなずきました。

「よくわかんないけど、そうなんじゃな〜い？」

「きっとそうだよ。やったあ、『多彩《たさい》な心《こころ》』、手《て》に入《い》れちゃった！」

トワはチュチュを力《ちから》いっぱいだきしめました。

「ちょっと、トワったら！　そんなにぎゅっと
されたら、いたいよ」
チュチュがうでの中《なか》で、もぞもぞします。
「ねえ、チュチュ、これからも
わたしのこと、手伝《てつだ》ってくれる？」
チュチュはしばらく鼻《はな》をひくひく
させたあと、ニタッとわらいました。
「あったりまえでしょ、チュチュとトワは、
ふたりでたまごの魔法屋《まほうや》なんだから」
「ありがとう！」

トワはうれしくなって、ほっぺたをくっつけました。チュチュが耳《みみ》をぱたぱたさせます。

「だから、そんなにぎゅっとしないでってば！　くるしいでしょ」

「あはは、ごめん、ごめん」

トワはそういうと、チュチュの頭《あたま》をぽんぽんとなでてからかばんに入《い》れました。

「そろそろ帰《かえ》ろ。ひと仕事《しごと》したら、チュチュ、ねむくなっちゃった」

チュチュが、ふわあっと大《おお》きなあくびをした時《とき》……。

「トワーッ！」

銀色《ぎんいろ》の月《つき》と星空《ほしぞら》を背《せ》に、ブラッサムがこちらにむかってとんでくるのが見《み》えました。

「こんなとこにいたのか。ほら、さっさと帰《かえ》るぞ！」

（やばっ。うるさいブラッサムに見《み》つかっちゃった！）

トワはあわてて、ほうきにまたがりました。あっという間《ま》にスピードをあげ、むかってくるブラッサムとは反対方向《はんたいほうこう》へとんでいきます。

「おあいにくさま。わたしのほうが先《さき》に魔法界《まほうかい》に着《つ》いちゃうよーだ」

トワはブラッサムにむかって、べーっと舌《した》をだしました。

「ああっ、ずるいぞ、トワ。まてってば！」

うしろから、ブラッサムの声《こえ》がきこえます。

トワはくすくすわらいながら、チュチュの耳《みみ》にそっとふれました。

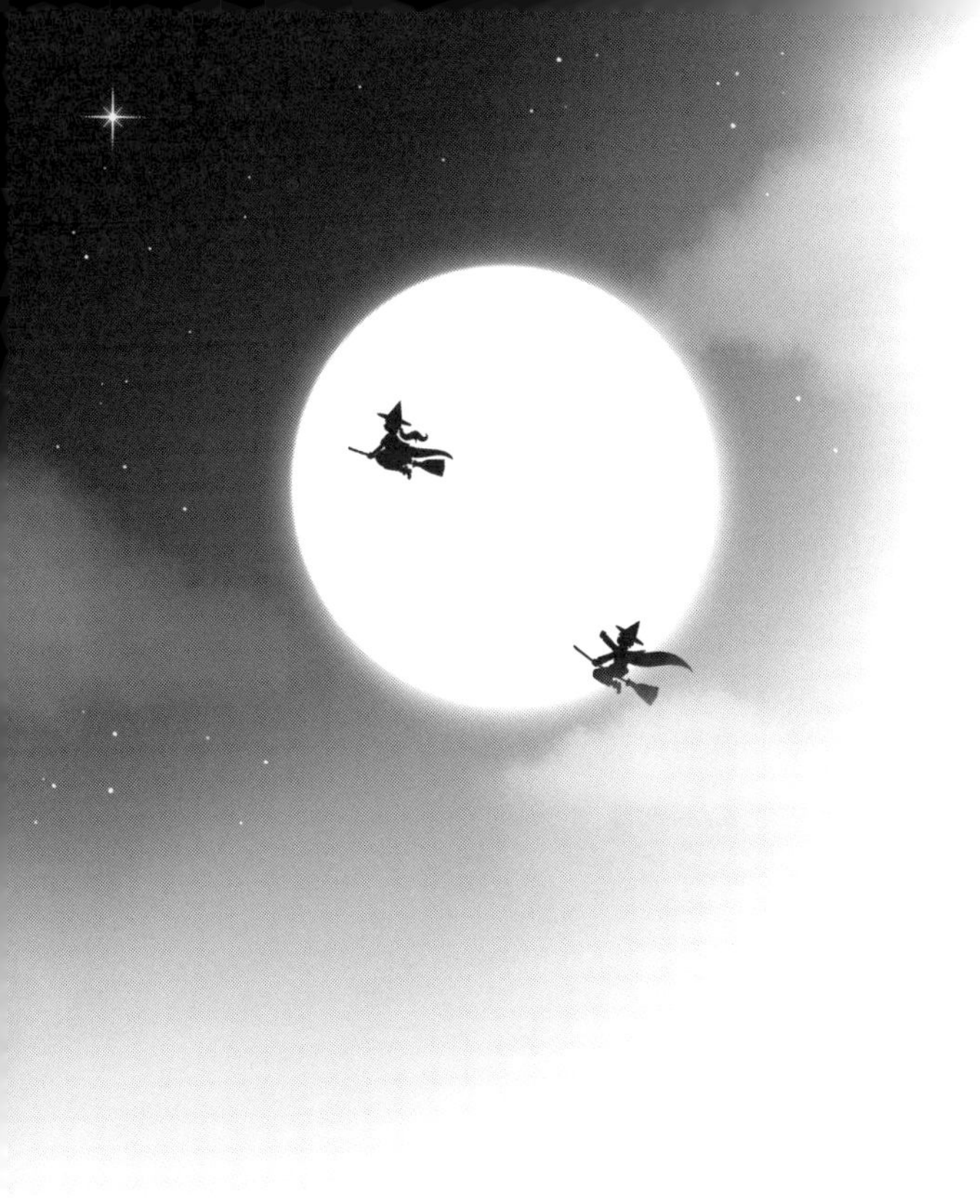

（まっててね、おねえちゃん。きっと見《み》つけにいくから）
トワのむかう先《さき》で、小《ちい》さな星《ほし》がまたひとつ、きらりと光《ひか》りました。

わあ、星《ほし》がきれい！
ゆいちゃんも、
今《いま》ごろどこかで
同《おな》じ空《そら》を見《み》てるかなあ。
ZZZ…

この本《ほん》を読《よ》みおわったみんなへ

ねぇ、わたしの物語《ものがたり》、楽《たの》しんでもらえた？
十さいになってから、毎日《まいにち》がぼうけんだらけ！
でもチュチュといっしょなら、だいじょうぶって気《き》がしてる。
口《くち》うるさいブラッサムもくっついてくるし……。
べつに、たのんでないんだけどね！

それにしても、魔法《まほう》のたまごってふしぎだなあ。
とつぜんあらわれるのに、中《なか》にはちゃんと、その時《とき》必要《ひつよう》な
ものが入《はい》ってるなんて。
つぎのたまごは、桃色《ももいろ》？　水色《みずいろ》？　それとも魔女《まじょ》の黒《くろ》？

なんだかワクワクしてきちゃった。
……え、あなたもワクワクしてる？　ほんとうに？
それならわたしと同《おな》じ気持《きも》ちだね！

この本《ほん》を読《よ》んでるあなたが魔女《まじょ》でもニンゲンでも……。
わたしたち、きっと友《とも》だちになれるね。だって、同《おな》じ空《そら》を、
同《おな》じ時《とき》に、いっしょに見《み》ているんだもん。

Best Wishes

また会《あ》おうね！

トワより

チュチュのおまけコーナー

やっほー、チュチュだよ!
お話《はなし》は楽《たの》しめた?　チュチュはすっごく楽《たの》しかった～(パフパフ♪)
このおまけコーナーでは、みんなが知《し》りたいことをチュチュが
バッチリ教《おし》えてあげるから、お楽《たの》しみに!　はくしゅ～!
今回《こんかい》は、トワの魔女《まじょ》ワンピースについてだよ★

魔女《まじょ》ワンピースのひみつ、大解説《だいかいせつ》★

えへへ♥

とんがり帽《ぼう》は、魔法使《まほうつか》いのあかし。

ついに手《て》に入《い》れた自分《じぶん》のほうき!

ヘアアレンジは自分《じぶん》でしてる。このままねちゃうことも。

魔女《まじょ》ワンピースはミクのおさがり。ちょっと大《おお》きいから、ラベンダー色《いろ》のリボンをこしにまいて、サイズを調節《ちょうせつ》。

ミクにもらった、よびのヘアゴム。

あこがれの魔女《まじょ》マント。裏地《うらじ》には夜空《よぞら》もようが★

いっぱい入《はい》ってべんりなかばん。

くつしたは、朝《あさ》あわててはくと、左右《さゆう》べつの色《いろ》になってる!

クローズアップ
マントどめの金具《かなぐ》。かっこいいもようがついてる!

背中《せなか》がわで、ほうきをとめられる、すぐれもの★

やっぱり、魔女《まじょ》には黒《くろ》ワンピースがいちばん★
だけど……トワがひそかにニンゲンのおしゃれにあこがれてること、チュチュは知《し》ってるよ～。ニンゲン界《かい》にいった時《とき》、目《め》がハートになってたのを見《み》のがさなかったもーん！
ってことで、レッツ・チャレンジ★

知《し》らない町《まち》へぼうけんに★
ボーイッシュストリートコーデ
ヘアスタイルは、ガーリーにして、あまさをプラスするのがポイント♪ポンポンみたいなおだんごヘア、かわいいでしょ？
どうかな？
にあってる？
ふんわりカールさせた髪《かみ》に、ワイヤーカチューシャをON《オン》♡
デニムベストでコーデをひきしめて。
チェックのシャツをこしにまくと、一気《いっき》におしゃれ感《かん》UP《アップ》！
パールのアクセサリーでぐっとおとな気分《きぶん》♪
ハイウエストのキュロットで、ばつぐんのスタイル★
ハイカットスニーカーからくつしたをチラリと見《み》せると、バランスがいいよ。
はじめてのデートに★
ガーリーおでかけコーデ
足元《あしもと》は、フリルのくつしたと厚底《あつぞこ》ハイヒール。歩《ある》き方《かた》もしぐさも、女《おんな》の子《こ》っぽくなるからふしぎ★
きゃー！　トワ、かわいいじゃーん！いつかほんとうに着《き》られるといいね♥

魔法屋《まほうや》ノート

イースターって、どんなおまつり？

イースターとは、復活祭《ふっかつさい》のこと。十字架《じゅうじか》にかけられてなくなったイエスさまの復活《ふっかつ》をいわう、キリスト教《きょう》のおまつりです。毎年《まいとし》、春分《しゅんぶん》の日《ひ》のあと、最初《さいしょ》の満月《まんげつ》から数《かぞ》えてはじめの日曜日《にちようび》がイースター。家族《かぞく》みんなでごちそうを食《た》べたら、美《うつく》しく色《いろ》づけされたイースターエッグで遊《あそ》びます。

- ★エッグハント　家《いえ》の中《なか》や庭《にわ》にかくした、たまごを見《み》つけよう。
- ★エッグレース　スプーンにのせたたまごを落《お》とさずにゴールまで運《はこ》ぼう。
- ★エッグロール　たまごがわれないように、ゴールまで転《ころ》がそう。
  ※ゆでたまごや、中身《なかみ》をぬいたたまごを使《つか》うことが多《おお》いよ

たまごは生命《せいめい》のシンボルであり、復活《ふっかつ》の象徴《しょうちょう》。そして、うさぎも、こどもをたくさん産《う》む動物《どうぶつ》だということから、キリスト教《きょう》では豊《ゆたか》さや繁栄《はんえい》の象徴《しょうちょう》とされています。

イースターをむかえる春《はる》には、カラフルなたまごやうさぎのかざりつけが町中《まちなか》で見《み》られるはず。さがしてみてね！

みんなのおたより、まってます★

〒105-0001
東京都港区虎ノ門 2-2-5 共同通信会館 9F
(株) 文響社《ぶんきょうしゃ》 「たまごの魔法屋トワ」係

本《ほん》の感想《かんそう》を教《おし》えてね！
いただいたおたよりは、作者《さくしゃ》・画家《がか》におわたしいたします。

つぎのお話《はなし》は…

1. トワがニンゲン界《かい》で出会《であ》ったのは大人気《だいにんき》ボーイズグループのメンバー、カナタ。アイドルのなやみとは……？
2. ブラッサムが手《て》に入《い》れた、ふしぎなたまご。中《なか》からでてきたのはある動物《どうぶつ》の赤《あか》ちゃん!?

ドッキドキだね！

スペシャル★ポストカード&しおり

トワのオリジナルポストカードと、
チュチュのしおりをプレゼント♪
それぞれ切《き》りとって使《つか》ってね。

◀ポストカード①

※はさみを使《つか》う時《とき》は、じゅうぶんに気《き》をつけて!

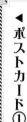

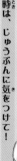

SPECIAL POSTCARDS & BOOKMARK

お友《とも》だちにおたよりするのもよいし、
日記帳《にっきちょう》にはさんでお守《まも》りにしても♪

Post card

Stamp

"Dear《ディア》"（親愛《しんあい》なる〜へ）のあとに相手《あいて》の名前《なまえ》を、
"From《フロム》"（〜より）のあとに自分《じぶん》の名前《なまえ》を書《か》いてね。

Dear

From

「たまごの魔法屋トワ」 宮下恵茉 作／星谷ゆき 絵 文響社

Magical eggs and Towa
「たまごの魔法屋トワ」
illustrations©Yuki Hoshiya
文響社

Post Card

Stamp

「たまごの魔法屋トワ」　宮下恵茉　作／星谷ゆき　絵　文響社

▶しおり

▶ポストカード②

作★宮下恵茉（みやした・えま）

大阪府生まれの児童文学作家。おもな作品に「龍神王子！」シリーズ、「学園ファイブスターズ」シリーズ、「好きって言って！」シリーズ（以上講談社青い鳥文庫）、「キミと、いつか。」シリーズ（集英社みらい文庫）、「まもってあげたい！」シリーズ『ガール！ガール！ガールズ！』『あの日、ブルームーンに。』『スマイル・ムーンの夜に』（以上ポプラ社）、「ひみつの魔女フレンズ」シリーズ（学研プラス）などがある。

絵★星谷ゆき（ほしや・ゆき）

東京都生まれのイラストレーター。作家・デザイナーとしても活躍中。おもな挿画作品に「おんなのこのめいさくだいすき」シリーズ、『みらいへはばたく　おんなのこのでんきえほん』（以上西東社）などがある。

たまごの魔法屋トワ①

たまごの魔法屋トワ

2020年4月14日　第1刷
2024年6月26日　第4刷発行

作　宮下恵茉
絵　星谷ゆき

装幀　稲永明日香
編集　森彩子
発行者　山本周嗣
発行所　株式会社　文響社
〒105-0001 東京都港区虎ノ門2-2-5　共同通信会館9F
ホームページ　http://bunkyosha.com
お問い合わせ　info@bunkyosha.com

印刷・製本　中央精版印刷株式会社

ISBN978-4-86651-209-9　N.D.C.913/168P/18cm　Printed in Japan

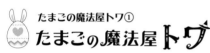

Magical eggs and Towa